刘若英　英儿工作室 著

我
的
后　来
们

台海出版社　博集天卷 CS-BOOKY

这本书献给

曾经为梦想、

为心爱的人，

上九天揽月、

下五洋捉鳖的你。

SIDE A　后来……

CONTENTS

CONTENTS

SIDE B　**后来的我们** ……

后来的……刘若英

李屏宾

认识刘若英是很久很久以前的事了，是在那遥远的陕北荒城边境，我们在那里建立了革命的情谊，多年来聚散无常。那时她刚开始唱歌与表演，而今已是我刚拍完的电影的导演！去年见面谈她的第一部电影时，她责怪我是一个不关心朋友的人，她问我有没有去看过她的演唱会，然后生气地说："一百多场的演唱会，你居然一次都没来！"我当时承诺她，下一次的演唱会，我一定会去。其实我一直很关注她的每一次努力与成功！

我有幸成为她第一部电影的摄影师，看着她紧张又从容地面对片场的许许多多的第一次，她态度认真、努力学习，对片场的每一位工作人员都一样地客气有礼，又不失她的深度。她完全放下姿态，真诚地与大家一起追寻她的电影梦。

她在拍摄现场，总是站在摄影机与演员之间，她喜欢自己先表演，来了解演员的可能性。她也总是赞许演员给她的惊喜，她经常看着现场演员的表演而动容哭泣，有许多时候，她身边的人员，也跟着她一起哭成一团！

在零下三十几摄氏度的夜晚，她与工作人员一起站在冰河上，请她进帐篷内避避寒，她却固执地陪着大家一起受冻。片刻间，她眼角的睫毛都结上了冰霜，寒冰也白了她的头发。这就是刘若英。

她……她……她……有太多的心事心情都写在这本书里，她这几个月来的心路历程，她内心深处的《后来的我们》，她将最真诚的自己，都记录在了书里。

在拍摄之初，她曾经问我，做导演的态度应该是怎么样的？我告诉她，成功的导演都很狠，思考要天马行空，最后不择手段地达到目的！

在电影拍到一半时，我已觉得，她是一位够狠的导演。

知道刘若英

张一白

知道刘若英，是拍MV的时代。

那时看过一个MV，一个女生斜挎一把吉他，一会儿在路上没完没了地走着，一会儿蹲在花中没有表情地唱着，印象中她穿着一件皮夹克，劲劲儿、酷酷的。我知道那首歌叫《为爱痴狂》。

后来看了些她演的电影，什么《少女小渔》《征婚启事》，知道她演戏厉害，演的大都是苦大仇深、内心郁结的女生，感觉哭戏功夫尤其了得。

周围一群朋友早已和她是好朋友，而我认识她是在两年前，是为了另一部电影。就是很认真地谈事，很客气地聊天，知道了她很礼貌、很周到，动不动就说"谢谢"。在相当长的一段时间里，在微信上谈事，也句句一个"谢谢"，弄得我老恍范儿，总是得去琢磨一会儿谢谢之外的语气和含义。

前年冬天看了场她的演唱会，才知道她有一个称谓叫"失恋教母"。看着满场男生女生跟着她一起流泪、一起歌唱，心里琢磨，如果这场子里有一万个观众的话，那么至少会有另外三万个男女在被缅怀。

　　当最终决定做《后来的我们》时，知道了她会讲段子，会说笑话。每每听她把人生的困境、窘况和伤心事，有头有尾地当段子讲出来时，我心里就踏实了，觉得遇到了一个会讲故事的导演，她这一点比我强。她的段子要么先扬后抑，要么先抑后扬，总会在出人意料之处戛然而止，让你在忍俊不禁之时心有戚戚焉。

　　想知道她哭戏演得好背后的那个段子吗？

　　我知道，若干年后，拍《后来的我们》的过程和种种台前幕后，也会被她讲成段子和笑话的。估计现在已经开始在讲了吧，不知道在这本书里讲了多少？

　　几天前的一个段子：刘导演插空去看了中医，发来了一段音频，是她的中医在惊呼号不着脉了。正值电影最终混录的关键时刻，我只能心狠地装作什么都没听到。她赶回录音室，我还没来得及安慰，她先急着告诉我也把音频发给老公了。"你猜他怎么回的？他迅速回了个赞。"她有些幸灾乐祸，"你知道吗，他肯定都没打开来听。"

"斜杠青年"英英

井柏然

从《全城热恋》到《后来的我们》，见面聊剧本之前，歌手、演员、导演……都让我觉得她一定、肯定是那种很难相处的大明星……

后来呢？

好吧，后来她变成了我最爱的女导演，没有之一！

真正的英英像一本书。她的成长经历、爱情故事、事业的起伏……构成了每一个章节，累积成她的智慧与厚度。

最近流行一个词叫"斜杠青年"，歌手/演员/作家是刘若英的"斜杠"。而在2017年的秋天，我，化身为她的符号，参与了#刘若英#"/导演"的诞生。

初次见面，是在监制张一白的办公室。北京的深秋时节，导演穿着一件白衬衫，扎着丸子头，请我喝了一杯冰咖啡，聊项目的语气有点羞涩，聊得激动时还打磕巴，但在五句话以内，我与她对这部电影的认知就已经达成了统一。"对啊，你看他懂我。"英英双手做了个夸张的抬举动作，对着制片和监制说，"看到剧本上的某些情节，很多人都问我为什么，但真的没有为什么啊。"感情是世界上只可意会不可言传的东西，一举一动哪儿有那么多为什么。她对感情是那样感性和充满阳光，默契是一以贯之的，她懂我，我懂她，就这么简单。当时我很骄傲，也很肯定要投入到这个故事里，因为她的男主角，弥补了我曾遗憾的缺失——年少时为爱痴狂的那个自己。

一直觉得，爱情片一定要感性的导演拍才会好看，刘若英就是如此。更加难得的是，她的感性又非常有分寸感，也很清楚自己要的是什么。拍所有的重场戏之前，她总会掏出自己最痛苦或者最美好的往事，通过彻底剖析自我的方式，让我们借以共情，从而找到最准确的表演方式。

她对演员的保护，也让人动容。英英是个非常宽容的人，拍摄过程中，无论多无语的情况，她都保持从容。她唯一一次在现场跟制片大发脾气是因为我。冬天的海拉尔，平均气温低于零下三十摄氏度，极度寒冷使我在现场脸已经冻僵，别说表演了，连表情都很难做，有点"挂脸"。第二天，她已经不管接不接戏的问题，直接给我买了最厚的鞋子，让我穿三层厚袜子拍戏。拍摄过程中，也常常能感受到导演的果断，有时候制片人争取很久的一个场景，她觉得对片子并无帮助，或是影响演员的状态，无论怎么劝说，她的回答都是斩钉截铁的"no！"。

她也曾动摇过，迎合市场还是保住情怀，但最终我看到的，依旧是那个坚守住自己情怀的刘若英。写这篇序的时候，我还没看到成片，但从未对导演的这部处女作有过一丁点的担心。因为我相信，这样一位懂得自己又懂得爱情的导演，只是靠日常言语就已经深深打动了我，再加上镜头语言，怎么可能打动不了观众呢？

在一起

何昕明

电影中的方小晓在北京的合租屋里问了着手设计游戏的林见清一个问题："为什么从来没有一个故事，从头到尾都是幸福的呢？"他认真地回说："幸福不是故事，不幸才是。"

那完成一部超过一百分钟的爱情电影，该累积多少关于不幸的爱才能走过这两年多创作的日子？

再怎么平凡的人生，即使在号称爱无能的时代中，都难免因为爱而多少受到伤害，或许来自亲人，或许来自朋友，而在青春成长中的伤害则更多来自身旁最亲密的伴侣。

在那些刻骨铭心的当下，往往我们给的不是对方要的答案，而出于面对强大爱情力量所感到的自卑与渺小，我们或许手足无措，随意做出或是言语或者是肢体的防备，即使是默不作声的冷漠，都可以是最伤透人心的利刃，不知不觉地将爱得最深的彼此都砍得遍体鳞伤，仓皇逃离，恨不得搭上下一班地铁、快车，离开这午夜梦回中曾经立誓要好好珍惜的爱情。

多年之后，我们已经不是原来的我们，即使不忘初衷，在等待过马路的倒数计时中偶尔会挂念彼此，问着同样的问题，你过得好不好？而当年的倔强是否可能是一种承诺？怯懦可以转为包容？

　　蓦然回首，错过的，就已不在。

　　至少，后来的我们，学会了如何去爱。

　　拍电影，是没办法从人生中被抽离出来的。不管里面有多少技术含量，但是从前期开始，每次的剧本讨论，都是赤裸裸地面对生命中无解的难题。我们也都明白，虽然终点可能是在电影院上映的那一百分钟，然而从故事被提出的第一个念头起，那些演员口中的对白、合租屋里异乡人的气味、他鬓角微白的头发，以及她抿着嘴角含泪的笑……那些纠葛在时间中青涩不解的迷茫与痛苦，还有秋日北京黄澄澄的银杏叶揣在心口时的凉甜滋味，冬夜绵延不尽的春运列车，团圆时一桌的热菜与逐渐冷去的心，何时才能再恢复记忆中的温度？那些如果的如果，以及后来的后来，为什么爱上了又不爱的现实，分手前没说出口的再见，在创作电影的过程中是没有一分钟放过的。

　　过往在人生中回避不说的，面对故事这面镜子时，不能沉默了。

　　我们拼命地说，质疑，给答案，推翻，然后跌跌撞撞再回到那最初的原点重新开始，了解了自己，明白了当时的他，让时代的浪潮淹没，还有我们回首后才得以辨识的成长轨迹，接受紧咬住牙关的痛苦与从心底喊叫的喜悦。然后，我们再用一个个镜头、一砖一瓦的美术、演员的眼神与呼吸、声音、音乐、动画、特效，在这漫长的路程中，把故事的肉与骨在剪辑中搭建起来，还原真实生活，而一起说这故事的人不再只有导演、编剧、监制，还有共同参与电影的我们，而我们的人生有那么一瞬间像在神奇的一刻都看到那只意外出现在视野里的鹿一样，因为那一瞬之光的共鸣，我们都爱上了故事中的我们，那是我们的故事，而因此，我们才得以为着那后来的我们，笑着，哭着，心疼着。

这是刘若英导演关于爱的电影作品，却也是我们所有人的爱情故事。

电影终会结束，有人留下，有人会走。散场之后，或许我们就不再相遇了，但那一刻，是不会忘记的。

幸福不是故事，不幸才是。幸运的是，我们拍了一部关于爱的电影，人生中，有那么一刻，我们都在一起。

这样的不幸，也就没有那么不幸了，是吧？

我敢，在你书里写序

平假名

做女明星是很痛苦的，现身要显瘦，红了二十年也不能显老，体力、活力、互动力，甚至自黑力，都需要时时max（最大化）。

更遑论做一个结了婚、生过小孩，真的出道二十多年，大多数作品从写书、唱歌、拍戏到演话剧都有一席地位的刘若英。做她不容易，帮她写序也不容易。

因为她喜欢真的文字和情感，不真的部分她不想收进书里。我不能拍她马屁，也不大能把她任性、骄纵、烦人、难搞的各种情节写进序里。那太真，那不属于女明星。

好处是，这次的书是以导演的身份出的，那么关于保护女明星的避忌，咱可以放下三分。

事实是，围绕在她身边的许多消息与猜想，都不是真的。某某微信文章说她的丈夫是中医师，假的。多年传的某些事情，假的。但是什么是真的？谁在意？即使她在意，澄清到头了，什么才是真的？只有她关起门来面对自己的时候，那才是真的。与你我无关。

于是我的工作非常艰难。我是做宣传工作的，完美的形象和"选择给观众看到的真实"，是我的职责。她会冷不防在微博开玩笑发鬼脸照片逗乐粉丝，我来不及阻止。刚结婚时，她会穿着随性去菜市场买菜，然后媒体猜她怀孕，我被要求别回应；2011年某一天，媒体突然打电话来问我："听说奶茶今天结婚了？"我心想怎么可能，还在处着朋友呢。打了个电话去核实，才知道他们正在办结婚登记。

倒不是她想把团队蒙在鼓里，也不是不在乎形象。我理解的是：她只是想做真的人，虽然她尽量在台上唱出真的感情，在书里写下真心告白，在戏剧里演出真实情感，但这个世界上，会有多少人真正保护与珍惜她的真情实感？收着，掩着，别讨论，不在那个属于自己的世界，容易失去那份真。

2009年年底的一个晚上，她最好的朋友安排我和她第一次见面，原因是她可能需要宣传帮忙。见面聊了一会儿，她留下电话，交代之后的工作事宜。"就这样？定了？我们才见一面！"我这么问，好像也让她顿了一下。"没什么，我觉得这件事情就是信任吧。"她这么说。那份信任维持了很久，也越来越重。

选择《后来的我们》之前，她有几个项目在思考，我参与其中，其他都不见得适合作为处女作。直到她在听到五月天《自传》宣传期间，《后来的我们》首播，那个晚上，正在创作剧本的她，决定向五月天提出用歌名作为片名。

几个月后，临开拍之前，监制张一白和她提《后来》是不是该放入插曲之中，讨论之中，她才震撼地发现，她之前东回西避，不想把自己的代表作放进电影，而它们却其实就在片名的前两个字。这些天后需要补充核桃的逸事，在这个时间点说出来，谁会相信是真？

这些都是细枝末节，都不是重点。情感是不是真的，是不是真的是她想说的故事，对她而言才是重要的。开拍之前，一个和她路线不同的前辈看过剧本，打电话来对我表示她的忧心忡忡："会好看吗？难道不该是这样那样吗？"我不大懂创作，只能诺诺应着，但我清楚记得我这样回答："这是奶茶相信的感情故事，她觉得这是她表达的方式。"

和其他新导演一样，她有些很轴很固执很坚持的地方。那些细节或对话或场景的设置，随着创作留在电影的各种片段中。有些人会有不同看法，但是熟悉刘若英的歌迷或观众，会在演员身上，在故事的推进历程中，得到一些只有在她的作品里才会获得的感受，接着感动。

写到这里，今天对她的不满，总算通过这些文字获得缓解。我们常听到，为求完美的描述，这位"少女"，为了和各方抗衡，保留下自己最想要的效果，每天与各部门抗争，别人剪掉了她加回，某人加上了她删除，来来回回折腾，到了出片的最后24小时，她还在改音乐，还在重新调色，还在针对这样那样的事情，进行修整。

她会深夜发来一条信息："谁谁谁不让我改×××，呵呵。"
然后次日就听说她要改的按她的意思改回去了。

或者是："这样真的对吗？呵呵。"然后事情就按照她觉得对的发生了。

商业作品，难免在长度与观众接受度上有一些妥协、修正。但她总会在那个基础上，再给自己争回来一点点。毕竟这真的是她的作品。

白天我这里也收到了她N个"呵呵"，念在她忙于正片最后阶段，要换作平常，我就"吼吼"回去了。下午她说"我不管、我不懂、现在不要聊"的事情，晚上她总算想起来，按照管了、懂了、聊清楚了的方向走了。说实话，双子座都这么性急，我是今天才知道的。

前几天，序快到截止时间了，负责编书的杜萱在群里问她，还有谁可以写？我依照往例开玩笑地说："我。"她说"好"，并且在几天后逼迫我交稿。我问她："我写的你敢用？"

如果你能阅读到这里，就代表，只要刘若英说"真的"，那就是真的。

她——真——敢……

SIDE A　　后来 ……

沉淀下来的痛，

由于过去的过去距离还太近，

未来却还是会接着再来，

还有下个十年，下个十年，

谁都说不准，而这就是苦涩之后的希望吧？

从这里开始

US
AND
THEM

信

见清:

好久没有给你写信了。

小时候，我们天天见面，还天天写信、寄信，那段日子，
实在又天真又遥远。
又要过年了，今年我不跟你回老家。

我要结婚了。
谢谢你在过去的日子，不管我们有没有在一起，你都坚持
带我回老家过年。
那曾经是我们的承诺，你一直坚守着。而我却要背信了。

最后祝你全家人健康幸福快乐！

PS: 听说你老婆怀孕了，帮我跟她问好，恭喜！

小晓

小晓：

很高兴收到你的信，还是手写的。

虽然有点惊讶于你突然的喜讯，不过终于有人能真正让你依靠，这是好事！
不知那个幸运的人是谁，很遗憾没能成为给你幸福的人……

确实，我也该面对爸爸。
毕竟演了那么多年，是该让他知道他儿子真正的生活如何了！

放心吧！我会好好地处理。希望你与你新的家人都幸福快乐！

PS：我老婆怀孕的事是谁告诉你的？哈哈！两个多月了！

见清

"当我们停下脚步喘息时，最终我们会发现，
　我们在回家的路上，并肩而行。"

故事，原本叫作"过年，回家"，来自2011年《我的不完美》一书中，替阿志与淑芳写的信。

多年前，一个熟识的台湾制片人向我借我刚买的新车，那一年他过得不太好，连自己仅有的车也拿去变现拍电影去了，准备从台北开车回台南老家过年。

我是台北人，没有其他人过年时节想方设法返乡的经验。他开着我的新车上路时的返乡身影，竟然有种项羽渡江难以面对江东父老的悲壮感，难以想象他与那平日在面对现实制片环境时，总是信心十足地解决大小问题的人会是同一个人。那个他说不出口的故事，我从来没问过他原因。或许，单纯地不想让老家的人担心他在台北的生活，又或许，他在故乡有个相约定的恋人，不知道她过得好不好。如果过得好，他可以有称得上好的理直气壮，得以回去跟她问声好吗？如果她过得比自己还不好呢？

开着车回去，路一里一里地走，一整年的风景一幕幕
过，台词还来得及写，几种面对家人的场景也能够在车里面好
好演练，或许他是这样想的。一辆新车，一辆不言而喻能够在
家人面前扬眉吐气的车，可以让说不出口的话显得坦率些、有
底气些吧。

几个念头在心里酝酿着，故乡那头等待的人，是个掌厨
做年夜饭的父亲？是个跟自己一样离乡很久的女孩？是个平步
青云、少年得志的好同学？我的思念跟着他回了一趟老家，不
禁纠结了起来。

那一瞬间，我才意识到平日身旁工作的伙伴其实面临很
多我不曾认真想过，却时时刻刻都存在的现实问题。

一个人孤身来到陌生的城市，新的人际关系、充满竞争
的工作环境，即使24小时衣食住行的日常生活都可能成为残酷
的考验。一个能够回去的家乡、一份约定与承诺，可以给这颗

在异乡不安的心带来能够继续奋斗的勇气，然而到了年底要买票返乡面对检验时，不免情怯。

曾经，我一直以为我离家不远，即使因为演员或者歌手的工作而奔波各地，时差周折，常常忘了自己身在何处，我的心也始终与家紧紧拴着。最近几年，当我在机场登机处或者某个演唱会后台等候时，我开始分不清我是正在出发，还是正在回家。当我在路上的时间比回家的时间还长时，我才意识到，原来不知不觉中，我离开家很久了，一首歌、一场戏、一里路，一点一滴随着时光前行。或许，我们慢慢都在长大的过程中，忘了回头看看那个已经回不去的家。长大的我们，走出了自己的路，有了自己的家，却可能没有机会对过去的我们好好说再见。

过了好久，我才明白我的不安与焦虑，于是开始写信，写故事，写了《过年，回家》，写了《易副官》，写了《后来的我们》。

监制张一白说，这不就是北漂吗？这个故事，就你来导吧。

认真地，我要来当导演，讲故事了吗？

十年前，张艾嘉导演，张姐就鼓励过我可以往幕后发展。当时的她，或许已经看到后来的我。但是当时的我，没想过我可以做导演。除了胆怯，更多的是抗拒。因为我看着如张姐这样有才华的女导演如此辛苦，心想，好好的演员不做，谁要去做导演啊？哈哈！更何况，演戏对我来说都已是令人如此战战兢兢的艰巨的任务，我怎么还有余力可以做导演呢？

这一晃眼，又过十年，十年岁月可以让一个华语女演员认清，自己能在幕前完成的任务越来越少了。

十年后，另外一位张导演出现，张一白。

虽然这期间，很多人找过我，很多剧本丢给了我，但似乎他最相信我能讲好故事，他也听得懂我的幽默与酸楚，在我的犹豫与不安中，他坚持了这念头，甚至无数次到我周游列国巡回演唱的城市探访我，与我沟通。而我总是有无数的疑问问他，他总是以一句"不怕"做开头，说出无数的道理。

这一句"我愿意试试看"又经历了好久。

从短文到剧本，从台北到北京，他听我说我想说的故事，而他总是有答案。

北漂，就是那个答案。

仍是异乡人。
人在北京，是异乡人。
第一个五年，第二个五年，第三个五年，
我还是没有成为北京人，
回到了家，也变成了异乡人。

不论在台北、高雄，还是北京、上海，我们都是异乡人，都是北漂，都想回家。

这成了故事中最重要的核心命题，《过年，回家》有了踏实的情感，落了地，有了依据，骨干有了，血肉就能长出来。

2018年，高雄美浓的阿志变成北京的见清，淑芳变成小晓，然而不变的是跟你我一样，青春时期离乡外出奋斗的我们。漂泊在外，年复一年，我们有了爱情，有了友情，甚至可能又多了新的家人。当我们停下脚步喘息时，最终我们会发现，我们在回家的路上，并肩而行。

《过年，回家》原是最契合创作初衷的电影名称，但容易让人想起过年回家吃年夜饭的广告微电影，亲情不是我唯一想谈的核心，我想谈情说爱，一度甚至给电影取名为《关于爱》，大爱、小爱、父子爱、恋人爱、朋友爱。但不得不说这像歌名，以爱为名，也太笼统了些。

就在辛苦摸索着电影名称的过程中，五月天的新歌给了我灵感，歌词中提到："只期待后来的你能快乐，那就是后来的我最想的，后来的我们依然走着，只是不再并肩了，朝各自的人生追寻了。"

这不正是见清与小晓的恋情主题曲吗？也是无数分手男女对对方后来的期许。

在一个儿子发烧的夜里，我跟一白监制约好了半夜一点通电话，准备讨论手边的两个剧本。当我说出，我想到一个电影名字《后来的我们》，我记得他当时沉默了一会儿，直接就说："就这个吧！"

于是，有了现在的《后来的我们》，故事从这里开始。

运
春
实
现
的
越
超
边
界

"有人等的地方，就是家。对我来说，
拍完电影中的春运，我也回到家了。"

剧本，序幕（2007年除夕）
火车站到车厢　外/内　日 [1]

　　春运时期车站里的人，彼此之间没有距离，人与人靠得紧紧的，在宛如浪潮般的节奏中缓缓前进，从车站外绵延至车站里，穿过月台穿过车厢窗户，见车厢内拥挤的乘客，抢位子的、塞行李的、抱孩子的，站着、坐着，两个人合挤一个位置的，为了回家过年，他们争一席之地。

　　火车启动了。

　　现实的边界永远超过电影的想象。

　　1993年，我曾经坐过一趟从哈尔滨到漠河的长途火车。当时刚刚过完年，车票也不是很好买，还是助理的我，独自去了火车站排队，替我们这群参加员工旅游的伙伴买了硬卧。24小时，我们哐当哐当地去了中国最北最寒冷的漠河。或许因为

[1] 日：日戏，剧本用法。白天拍戏的意思。

年纪轻，不难受，反倒有份面对未来踏上长征的豪气。

2017年拍摄电影《后来的我们》，这才算是我人生中第一次参与春运。

不知道哪里来的错误情报，说火车里面有暖气，好不容易不用在零下30摄氏度的户外冻一天，大家都轻装上阵，结果车厢里的暖气是要火车开动后才开启。火车在此停了一夜，引擎机械回温，至少需要六个小时，我们冻得像放进冷藏库里的隔夜菜一样。原本在户外拍摄没感冒的人，拍火车里的戏，倒是病倒了几个工作人员。

我明明想拍个简单的爱情片，怎么变成灾难探险片？去欧洲、日本不好吗？明明很多地方都有雪，究竟为什么要来内蒙古自治区海拉尔这样的极寒地区拍摄？开机以来，很多人问我这个问题，特别是在寒冷到挑战人类生理极限的时刻，不要说是大家了，连我自己也会在某一瞬间疑惑我来这里的初衷。

我无法一一给出解释，若想粉饰个好听的说法，其实也可以有一百种，但最根本也最现实的原因就是，只有这里的火车让我们拍春运的戏。

又是一个没想到吧？

我也想要给出"这里的雪最美"或是"氛围最适合男女主角谈情"诸如此类的答案，但电影造的梦再美好，终究要在现实的基础之上构筑。

海拉尔往返塔尔气镇的绿皮火车就是这个最重要的现实基础。

凌晨5点不到，剧组的工作人员加上近200位群众演员摸黑出发上车，直到晚上22点返回海拉尔，我们足足在火车里面待了17小时。

满满当当的车厢里，无论人还是行李都绝对是在安全范围内最大负荷的装载，似乎再多塞进来一点，车厢就要爆掉一样。来往穿行尤为困难，再加上摄影机一摆，可以说是毫无落脚之地，高度真实的环境，不要说专业演员了，我们的道具、场务、服装等人，一个个精疲力竭的样子，个个都可以直接到镜头里客串返乡旅客，而我也算是趁机体验了一把春运的滋味。

腰酸背痛是一定的，我浑身舒展不开，甚至到后来有点缺氧，只想下一秒就奔回酒店洗个热水澡。

我当然知道，跟真正的春运相比，这不算什么，而我的辛苦跟工作人员相比，也差得远。

1994年出生的场务男孩跟我讲，每次回家都是一场硬仗，假设想要从海拉尔直接坐火车回老家西宁，要坐整整63个小时的火车，也就是两天两夜再加15个小时都要在拥挤狭小的火车里度过，这远远超出我的认知范围。

17个拍摄工时，算什么？

有工作人员说，火车挤一点没什么，时间长一点也没什么，过年返乡能上火车的都是幸福的，还有很多人抢不到票回不了家呢，那才是真的惨。

我过去看过很多关于春运的新闻，那些人与人之间零距离的震撼景象深植在心底。记得我在大陆工作的第一个助理，从来没有任何要求的她，第一次开口求事，就是问我有没有认识的人，可以帮她买张春节回家的火车票。年底到了，多少异乡人迫切的渴望，还是回到老家，不管这一年过得多辛苦，回到家，才有重新出发的勇气。这份情感，也让我们这部电影，不可能省略这一段惊心动魄，却又满满载着许多人回忆的戏。

况且，我实在喜欢坐火车，慢慢悠悠地看着窗外风景的变换，仿佛人在车厢里是静止停滞的，而只有时间随着光影往前。

所以，在自己的电影里能有一场火车春运，也算心愿之一。却万万没想到，将现实化作浪漫，将浪漫化作影像，是那么难。

同一场戏，移动的火车外观、不动的火车车厢、人来人往的月台，得分三个地方拍摄。

最恐怖的是，经过各种协调之后，最后一天来的火车，没错，是绿皮，但里面椅子的颜色跟三天前拍的不一样啊。

您评评理，不该崩溃吗？

但是我没有。因为当我看见从几个月前在北京筹备时就已经心心念念，各种想方设法找火车景的制片人走过来时的脸时，我不忍心再多说一句。我知道他多尽力，也知道这结果，早让他先崩溃了。

拍火车，跟搭建川藏铁路一样难。

这一次的拍摄也超乎了两位见多识广的"老屁股"的想象，汤哥和宾哥，他们不光与我共同体验了人生第一次春运，还和我一起走过了比这多得多的好的与不那么好的日子。

我们认识23年，加上这场春运戏，我们"40后、50后、60后"三人组在《后来的我们》里一起经历了公交车、汽车、火车、飞机、地铁，就差一起扬帆航海，但是在冰河上的那一次拍摄其实也差不多了。

两个多月的时间，我们从十几摄氏度的北京拍到零下近40摄氏度的海拉尔，在戏里一同走过春夏秋冬。他们说，拍了大半辈子的戏熬到这把岁数，跟我这样的老伙伴搭档拍电影，以为终于可以过上舒服的好日子，结果却落入无边的拍摄地狱。

宾哥说，拍完这部，明年冬天长白山的戏他决定不去了。汤哥说，《易副官》去马来西亚拍吧。

但我知道，他们还是会一如既往地继续选择走艰难的路。因为他们比谁都知道，唯有刻骨的艰难，才能铭心感念，才有值得留下的光影。

这群一起工作的伙伴，我们总是每隔一阵子才有缘分因为工作又聚在一起，套用在电影中父亲写给小晓的信中的话："记得，不管你走得多远，那里永远都有人等你。"

有人等的地方，就是家。

对我来说，拍完电影中的春运，我也回到家了。

如果你说
北漂
我来唱首歌

"我们拥有了所有，却没有了我们，
　北漂的人们，离开太久，早回不去了。"

奶茶：

　　见信好！6月19号那天见面，我们茶迷中的北漂和你围坐一起，聊大家的北漂经历。很开心！相同的北漂身份，不同的北漂经历，有笑有泪……因为时间有限，聊得很多，你希望我们能以文字的方式写下属于自己的经历，最难忘的或者最刻骨的，我不知道怎么写这个开头，很怕自己像个小学生一样，写一篇作文给老师交作业，所以我想还是以写信的方式告诉你，我这个北漂大军中，一个普通得不能再普通的小人物的平凡经历……

　　　　　　　　　　　贾茹　Eve　2016年7月中　于北京

　　到不了的地方，叫远方；回不去的地方，叫故乡。

　　在剧本写作期间，北漂的朋友们分享了点点滴滴的心情，形塑了我们现在看到的故事。

第一次离乡，第一次谈恋爱，第一次因为失去爱而痛彻心扉，对异乡不可知的未来，茫然失措，但最终，年复一年，过年能回家，回到家人身旁，找到力量，重新开始。

或许，这也是过年回家对北漂们这么重要的原因吧。

见清与小晓这一对恋人，因为过年回家的约定，彼此陪伴着，经历多年的人生，随着时代进步、通信进步，沟通越来越容易、频繁，但彼此的心离初衷越来越远。原本，两人以为达到了北漂的目标，就能够好好在一起，过一辈子，但最后才发现，即使目标达到了，彼此也已经分别走了太远太远。

我们拥有了所有，却没有了我们，北漂的人们，离开太久，早回不去了。

　　谈起北漂，我想起一些旋律，想起一个人，李剑青。

　　我对他的第一印象是李宗盛大哥的爱徒，是我单曲循环聆听的《匆匆》，后来因缘际会我请他来为我的巡演伴奏、合唱，后来是独唱，那四分五十八秒的他唱着只有离乡游子能体会的心情，我明白，北漂不只属于北京，也属于每个离开家乡外出奋斗的人。

　　听着他的歌，心情随着旋律起伏着，自然而然，眼前出现了画面，那画面清晰、生动，几乎要与我预想中的电影画面重合，《后来的我们》，这音乐不该缺席。

　　剧本创作初期，他并不知道我要拍电影，而他那么真诚地和我讲他的北漂经历，那好像是很遥远的故事，就好像那些实打实的苦不是他吃的一样，他轻描淡写地与我分享着。

　　我听着听着就忍不住泛泪，然后边泛泪边在电脑屏幕上打字，再听一段，潸然泪下，还好剑青跟了我那么久的演唱会，也不是第一次见我落泪了。

这眼泪是为剑青的过去，还是为了后来的见清，抑或是为我自己？

属于我的"北漂"，早在这个词还未如此盛行的20世纪90年代就已经发生了。

1997年，我第一次在北京参与大陆电视剧的拍摄。

坦白讲，在20世纪90年代的大环境下，港台演员来北京拍戏的情况并没有那么多，所以无论是对剧组来讲，还是对我个人而言，都可以说是一次小小的冒险。

当时我已经拍了《我的美丽与哀愁》《少女小渔》等几部电影，很多人其实不太能理解我的选择，电影和电视剧的区别或者说"落差"在他们的眼中被放大，而拍电视剧的收入确实也谈不上丰厚，但对我来说，一个我看得懂的好剧本、吸引我的角色和强大的创作班底，足以使我心甘情愿，甚至是满怀期待地成为北漂一员。

第一次来北京拍电视剧，一切都是陌生而新鲜的，那时我还不知道后来的我跟这个城市会有那么多故事。

这部电视剧叫《日落紫禁城》，这个角色叫吟儿，很多人第一次看到刘若英其实是在这部戏里。

记得当年我在蓟门饭店住了整整五个月，每天步行往返于饭店和片场，走过蓟门桥就到现场拍戏，收工再走回来，每天吃一模一样的蛋炒饭。别人也许觉得乏味，但我乐在其中。在那样无比单纯的拍戏时光里，却有着大步向前的力量。

我相信很多来北京打拼的人也是一样。

当我跟小井聊见清这角色时说起，人在经济上最穷困的时候，反倒是精神上最富有的时候，因为他什么都敢试，什么都不怕输。

我邀请李剑青来客串电影中一名地下通道里的卖唱歌手。

真"见清"的到来是不少人期待已久的时刻。而饰演见清的井柏然也终于得偿所愿见到了我口中念了很久的"原型人物"。

两人握手互相自我介绍的时候，我突然觉得有点感动。

"你好，我是剑青。"
"你好，我也是见清。"

我的jianqing们，终于相逢了。

　　剧组中不认识李剑青的人也一样大有人在，但听他弹唱了几段《匆匆》和《平凡故事》后，陆续转粉。

　　歌是他自己选的。见清说《平凡故事》里有那么几句歌词，他觉得尤为合适。

　　"这无良的城用喧腾的夜与我龃龉，灯光摇曳如招魂的旗。"当男女主角在前景演戏，而其他小贩在地下通道里吆喝兜售时，唯有剑青一人独自在角落唱着他的歌，自在而满足，热闹都是别人的。

　　虽然剑青调侃自己演的是背景板，但我真的不舍得喊"卡"，那一刻不知自己是在戏里还是戏外，我想让那旋律继续下去。

　　一曲唱毕，剧组工作人员的热烈鼓掌纯属自发，无须演技。

我竟有点欣慰，或者骄傲。

我在想，不是所有的"见清"都能有朝一日变为"剑青"，他或许是一群人中平凡的一个，但他是有本事被看到的一个，属于北漂人的骄傲。

我问剑青，现在的你和刚到北京的你，最大的区别是什么？

他第一反应是"我没变"，然后补充说明："当时为了做音乐不得不去打很多份工，但现在我终于可以纯粹地做音乐了。"

这份纯粹，反映在情感里面，就是难得的勇气。

北漂这一代，拥有了他们上一代人所没有的未来，而他们也努力去追逐着，拼了命，认定这就是难得的幸福。虽然这十年的逐梦生涯，也不免牺牲了许多，然而人生的轻重没有对错，只有做了选择，或许最终需要承担苦果，终将分离。

沉淀下来的痛，由于过去的过去距离还太近，未来却还是会接着再来，还有下个十年，下下个十年，谁都说不准，而这就是苦涩之后的希望吧？

这或许是这个时代北漂的感受，也是我们尝试想要去抓住的时代氛围，属于这十年的主旋律。

电影上映后，相信更多的人会跟我一样，把《平凡故事》加入循环歌单。

有谁啊

有谁啊 也在这里

让这首歌 也感动你

当你孤身 某个街区

有谁啊 也在这里

那些遭遇 那些回忆

不愿想起又不肯舍弃

虽然只是一个平凡的故事而已

（摘自《平凡故事》）

北漂

不只属于北京，

也属于

那每个离开家乡外出奋斗的人。

我实在喜欢坐火车，

慢慢悠悠地看着窗外风景的变换，

仿佛人在车厢里是静止停滞的，

而只有时间随着光影往前。

演员同可以
导演不同可以
跟的
写 三本书

US
AND
THEM

"有人说，我是用表演的方式讲戏。"

以前当演员，天气一冷，导演一喊"卡"，就有人嘘寒问暖为我披衣服。

现在自己身为导演，我喊"卡"，自己冷得直打哆嗦，马上喊："赶快给演员披衣服。"

以前当演员，我一休息就钻进房车，人间蒸发。

当导演，则是按班表到点前赶到演员房车外，恭候并期待演员准时下车，还要感谢演员愿意借我使用洗手间。

以前当演员，经纪人跟剧组计较拍摄时间。

现在当导演，则多希望时间能暂时停止，让我好好想一想这一场怎么拍，演员能不能暂时放在一个不计时的空间里，让我能不超时，拍完再走。

以前当演员，杀青后就走人。

现在杀青，一部电影才完成一半。

如果你要问我做导演跟演员的不同，我想细数起来可以写三本书。

开拍的第一天，我看监视器的时间已经远远超过我二十几年演员生涯中看监视器回放的总时长了。

可能作为演员的我，一开始拍戏，就碰上陈国富跟张艾嘉两位导演。他们都不给演员看监视器，觉得演员看了会想太多，影响表演。以至到了后来，其他导演要求我看，我都躲得远远的，说："您可以尽量用说的描述吗？"每一个导演来到我面前，反倒成了相声演员，哈哈哈。

另一个原因是我百分之百信任我的导演，而我也在表演的当下百分之百付出自己，所以当我自己坐在监视器前面看演员的表演时，才发现这百分之百的付出，只有我说了算，而现场每分每秒的推进，都是导演说了算，我突然开始想念起我那单纯在镜头前演戏的日子。

对于这两种角色之间的差异，我最大的感受是，对演员来说，通常戏拍到一半会觉得开始进入角色，每句台词、每个动作都植入身体，不必多想就是角色了。但是导演不一样，随着每天的拍摄进程，要解决的问题也变得越来越多。

有人说，我是用表演的方式讲戏。

表面上看起来，我是在用演员的经验当导演，但归根究底，不管我身为导演、演员还是歌手，一切的"演"都是源于我的生活经验。

我喜欢观察，我相信没有任何一个角色可以抛开生活本身，架空于纯粹虚拟幻想的时空中而呼吸。对生活，我坦然，我面对，我观察，并接受那事实与感受的冲击来转换成角色的实际经验，而此时此刻，就是属于我的导演的态度，我的方法论。

说来复杂，但其实都是无比琐碎和鸡毛蒜皮的细节。

前几天拍摄看房的戏，售楼小姐一边口若悬河地介绍房屋的优势，一边推开层层房间的门，将宽敞的豪宅一间间展示给客户。因为房间的门都是向左右两侧横向推开的，所以我请演售楼小姐的演员一定要用力把两扇门向左右两侧推到底，一方面当然是为了在镜头里更好地展现空间感，另一方面也是来源于对生活本身真实度的贴近。

我自己看房的经验就是售楼员总会把每一扇门开到最大，因为这样会让房屋的空间从视觉上最大化。

很多导演在给演员讲戏时习惯自己先演一遍，声情并茂、手舞足蹈，甚至比演员本人更加入戏。我提醒自己尽量不要，因为我相信，演员会比我做得更好，而且他们一个人管一个角色的头脑，会更加专注。

虽然剧本里的女主角和我本人从很多方面来看都相去甚远，但我还是会不自觉地想，如果是我，我会怎么演，我会如何反应，然后再把我所认同的通过各种词汇去跟他们沟通……我常常恨自己书读得不够多，表达不够……哈哈。

当然对男主角也是一样，好歹我的身体里也住着一个"刘若男"。

井柏然在东北的第一场戏就是狂奔，从地铁口狂奔而来，狂奔下楼梯，再狂奔着追寻小晓在车厢里的身影。

11月底的东北，小井跑到汗流浃背，四五层的衣服从里湿到外，最后干脆直接倚着柱子坐在站台地上，对我而言，这个时候的他离角色很近，我想要抓住这一刻的见清。

这场戏是男女主角在地铁里分开的重头戏。

虽然没有一句台词，但说是整部电影的高潮也不为过，一趟列车彻底带走一个人，这就是"之前的我们"和"后来的我们"的分界点。

监制几次提醒，如果观众没有在这点上被打动，电影就全盘失败了。

由于场地允许的拍摄时长有限，自然一边拍一边还要顾虑着时间，我心里有多着急，表面就要看起来多淡定，原来不只演员需要演技，导演也一样。

好在有制片主任帮我扛着来自场地方的压力，别人丢给他1吨的压力，他只传递给我1公斤，剩下的全由他自己消化，让我尽可能专注在拍摄上，不为其他因素分心。

一场追车戏拍毕，在等待地铁倒回起点的间隙，我看到井柏然独自一人在站台边，没有起身去一旁休息，也没有助理在旁照料。

我跑到摄影机旁，悄悄开了机。

镜头里，见清无力地蹲在站台上，列车逆向慢慢驶回来，载着小晓。

剧情中的小晓是跟着地铁一去不复返的，但我偷偷捕捉的画面里，她跟着车回到了见清身旁，我想这镜头或许不会出现在电影里，权当是见清的梦境吧。

见清和小晓面对面站着，一人在站台上，一人在车厢里，一步距离，却好像中间是宽阔的沟壑，任谁都难以跨越。

此刻的我，是导演，也是演员，也是观众。

或许是我自己入戏太深，两人分离，小井的悲伤无助，冬雨的气愤有悔，催促关门的警报，无法别开头去的告别，哽在喉咙里的再见，随着地铁离去，重逢之时，遥遥无期。

身为导演的我，明白这是一场戏，却也是最真实的一部分，而感同身受的忧伤，没有折扣。

幸好我是导演，我随即决定在地铁里加拍一场分手前的恋爱戏，疗愈一下我自己。

五分钟前刚分手的两人，此刻紧紧地抱着，在地铁开门的瞬间上演一出难分难舍的戏码，甜出了蜜。

此刻，当导演真好，拍电影真好，可以自由跳转时间，任由一切重来，关系永远可以修复，人老了还能回复青春，哈哈。

拍完这一幕，我今晚可以睡个好觉了。

讨论
御寒方法 比
比
讨论剧本多

US
AND
THEM

"但我明白我的心最热，

也许就是在身体已经冷得不是自己的时候，

我们才感受到心是自己的。"

我们是一个讨论御寒方法远远多过讨论剧本的剧组。

每次看到几个人围成一圈像准备冬眠的熊一般积极地团购保暖装备，我就会想，到底什么时候可以看到大家聚在一起讨论戏该如何如何的盛况呢？

如果说大连旅顺的拍摄让大家初尝低温的震慑力，那抵抗海拉尔接近零下40摄氏度的气温就是一场真刀真枪的实战了。

2017年12月12日，开机第四十一天，我们终于到了传说中的海拉尔，内蒙古自治区呼伦贝尔市辖区之一，在拍摄组里谣传了半个月，像是都市传说般让大家在消夜时分加碗泡面以囤积脂肪过冬的好借口，是骡子是马就拉出来遛遛吧。

拍摄首日，零下36摄氏度的天气真不是盖的，号称什么鹅什么鸟的保暖装备都只能说是聊胜于无，就算是真把一只鹅丢来这边，恐怕它也会被冻出个好歹吧，除非它是只企鹅。每个远方的朋友都在关心着："注意保暖，注意保暖。"但当你身上全套保暖装备几乎有体重的一半时，喘气都喘不过来，还能怎么注意呢？

海拉尔的第一场戏就是雪地戏。

我可不是故意要在一开始就给大家来个下马威，但幽默的是，拍摄现场的雪在我们抵达之前意外地被环卫工人一扫而空。也就是说，我们千辛万苦把大部队拉来这天然大冰箱里，结果开机的第一场戏竟然还要人工撒雪。

乍听之下，我很想做一个哭笑不得的表情，但是脸着实给冻住了，只得作罢。

谁能比没想到的老天爷更幽默呢？

怎么样也躲不开一个"冷"字，连"水逆"到了海拉尔都成了"冰逆"。

对讲机、"小太阳"，甚至是我们"赖以生存"的摄影机都先后失灵，就更不用提脆弱的手机了，每一天都在冻关机和半死不活中徘徊。

场务组端来最原始的烧炭盆供大家取暖，但是在温暖面前，我们的工作人员选择了机器优先。

"奄奄一息"的"小太阳"拿来烤摄影机，炭火盆被摆置在轨道旁散发着热量，摄影组几个裹得分不清楚谁是谁的汉子，齐齐伸出双臂把摄影机团团环绕住，用自己身体的温度包裹着机器，让它与寒冷隔绝。

所有人的睫毛上都结着霜，霜的多少和睫毛的长短呈正相关。

脸冻没冻得通红不知道，反正每个人都只露出一双眼给你看，眼神接触的瞬间，那份温暖只有你我才懂的心情，几乎让人要掉下泪来。

拍摄室外戏，工作人员或多或少都曾到帐篷里看监视器，或是同组人轮班取暖，但摄影师跟灯光师是没有机会的。

宾哥作为剧组里最年长也最资深的一位摄影师，他应该受到最高级别的保护和尊重，但他的工作性质使得他必须永远在第一线，不管环境如何恶劣，他从来都是现场存在感最强的那一位，守在摄影机旁，寸步不离。即使最幸福的放饭时刻，他也说什么都不肯回室内用餐，原因是："摄影组其他人都在现场为下一个镜头做调试，会有问题需要彼此沟通，如果我去吃饭了，有问题要问谁？"

我看在眼里，身体抖得像是系在奔跑麋鹿身上的铃铛，心里却一刻不敢松懈。好，那我就陪着宾哥一起，一个四十多岁的陪着一个六十多岁的在零下36摄氏度的户外，也算是一种极限运动吧。

自我认识宾哥以来，他一向不喜拍照，这可能是摄影师的共性吧。但在海拉尔的第一天，宾哥居然主动提出要拍一张他与摄影机的合影，我想一定是天太冷了，冻得人的性子都改变了。

摄影组的跟焦师，最需要手指灵活的岗位之一，在极低的气温下，跟焦师哲明的手指已然僵硬到失去知觉难以调焦，他唯一能做的就是在每一条拍完的时候迅速用热水瓶让手指回温，或者是将双手放在大灯下炙烤一番，持续地跟身体的极限做对抗。让人心疼的是，最后他还是把手给冻伤了，因为在这零下40摄氏度的低温中，他是唯一不能戴手套的人，光影的虚实，一分一毫都不能妥协。

录音师也一样，汤湘竹，汤哥一生最爱做"突破自我，挑战极限"的事情，从我们1994年合作的第一部戏开始直到现在，一路突破着、挑战着就走到了海拉尔。23年之后，他再来参与我的第一次导戏，这样的工作环境，让汤哥又一次攻顶了。他还是永远都那副不示弱的样子，嘴硬地说："其实还好啦，我在西伯利亚拍过片子，温度和这里差不多。"

录音操作台的按键非常小，和跟焦师一样，一个大男人在大机器前做着细致的手艺活。如果戴上足以抵抗海拉尔严寒的手套操作按键，一定又会在很大程度上降低灵活度。

那薄一点的手套呢？

汤哥说："薄的又有什么用？索性不要戴，冻不死的。"

在北京和大连合身的戏服到了海拉尔就小了几号，倒不是因为热胀冷缩，而是演员们一个个都把能塞的保暖装备塞到戏服里面。

周冬雨套上了三条羽绒裤，甚至在帽子里还贴了四个暖宝宝。可以想象一个其他身体部位都苗条到不行的女演员，在拍摄现场活像一只有孕在身的西伯利亚黑熊般走来走去吗？哈哈！别杀我！

我怀疑她身上全部衣服的重量比她自身的体重还要重很多。

井柏然本身是东北人，我原以为他抵抗寒冷的能力与生俱来，而他自己也曾一派轻松地说海拉尔的温度比他老家低不了多少。

然而，在海拉尔拍摄的第一天，他就自觉地穿上了羽绒裤，我们也请服装老师帮他准备了大一号的鞋子，让他多穿双袜子在里面。即便这样，有时一些较长的台词特写，我还是清楚地看见他的脸已经冻得可怜得不听使唤。

制片组场工永远都比我们早到晚走，点燃现场的第一盆炭火，收拾最后一截轨道高台，甚至还准备暖人身心的茶水、食物，而为了能够灵活地实时解决问题，他们总是轻装上阵，说是推动剧组持续前行的燃煤火车头也不为过。

实战之前，我们设想过无数次极端天气对拍摄有可能造成的负面影响，但万事总难俱备，寒冷好似一场不讲理的大风暴，任谁都难以逃脱。

原以为这个剧组里或许只有我每天都拥有第一次的体验，现在发现，即便是叱咤江湖、走南闯北多年的资深前辈和剧组同人都视海拉尔的拍摄为一次前所未有的超高难度挑战。

这下好了，我们共同拥有在极寒天气中拍戏的第一次，我第一次导戏能拉上你们来陪我，真好。我感谢那每一个扶

我这瘸腿的麻烦鬼一步步登高爬低的人，你们真的是我的小
天使。

虽然我有时候想不明白怎么就一路走到这里了，偶尔也
会问自己为什么，但想到我不是一个人孤独前行，还有那么多
人温暖坚定的陪伴，再苦再冷也当在储存深刻回忆了。

我问大家："你哪里最冷？"得到的答案多是手和脚，
脚下踩着雪，手要伸出来工作，自然是最冷。

我哪里最冷？

不清楚。

但我明白我的心最热，也许就是在身体已经冷得不是自
己的时候，我们才感受到心是自己的。

我的奢侈方式

US
AND
THEM

"我希望我还有很多个最佳的timing，

永远都有不同的事情可以去尝试，一直到老。"

我是全剧组最新的人。

道具师不是第一次做道具师，场记不是第一次做场记，副导演也不是第一次做副导演。剧组上下几乎没有一个人是第一次做他正在做的这份工作，唯有我是第一次坐在导演这个位子上，扮演导演这个角色。

和北京变黄的银杏一样，早一天太早，晚一天太迟。三十多岁时，就有人跟我说"你应该转行做导演"，我权当一种谬赞，或许是认为演员懂戏，懂得诠释人生，若有想讲的故事，应该也能讲好。但这念头我始终没有当真，戏没演够，歌没唱足，更何况，我可是亲眼看着张姐身为一个女导演如何辛劳（说女导演，是因为女性在工作时，还是比较担心家人，尤其是孩子……），还有人生有几个缺角都没补上，心思也就不在这导演的职位上，那份心情和现在再来当导演的心情绝对是完全不同的。

而对我来说，到了现在这个年纪还可以做完全没有做过的事情，还可以有第一次导戏，我是有点小窃喜的。

小孩子每天都有好多个第一次，可长大的我们，第一次越来越少了。我把我第一次当导演这件事认认真真地留到了现在，面对这个第一次有着强烈的热情和冲动，我一直坚信保有好奇心是很重要的，我希望我还有很多个最佳的timing（时机），永远都有不同的事情可以去尝试，一直到老。

很久以前，我就走出了自己的舒适区。每每我在拍摄现场看见朋友发美食、旅行、购物照片时，说心里不羡慕是骗人的，但当我看着监视器和现场的兄弟姐妹时，心里更加有安全感，觉得踏实。

这就是我的奢侈方式，我同样相信，很多人也羡慕着我。
每个人都有自己的选择吧！

还好
你们
来了

US
AND
THEM

"好像我的伙伴们都是这样，
　总是一脸轻松地去完成最艰难的任务。"

　　凌晨4点，拍摄大队出发至山顶牧场，眼前的景色，美得难以形容。

　　平日里最低调安静的工作人员，到了雪山顶上一个个都像是变了个人似的，摆着各种pose拍照留念，摄影创作力旺盛得惊人。很多人看到我就问："怎么找到这么美的景？"我转头问我们的美术指导翟韬老师，他反而是举重若轻："就瞎碰呗，碰到了就是了。"好像我的伙伴们都是这样，总是一脸轻松地去完成最艰难的任务。

　　美术部门是剧组里最闷声干大事的部门之一，最早一批进组的就是他们。

　　2017年最热的时候，翟老师带着他的团队琢磨着选景、制景的事，等我们真的用上这些景，已经是深秋、严冬了。合租屋、林菜馆、地下室……都是他的心血，我总说对这些景有感情，但真的算起来，或许不及他的十分之一。

　　虽然翟老师不把这些小事挂在嘴边，但我能做的就是尽最大努力把他的心血收藏在电影里，让每一个景的作用发挥到恰到好处，也让观众有机会看到翟老师与团队埋藏在每一个角落里的小心思。

　　开机前除了编剧、副导演之外，我最多的是和美术组赖在一起，放下演唱会的麦克风就直接跑去跟他们天南海北地勘景，能去的一起去，不能去的就等着看他们从各地拍回来的照片，还有他们搭建的模型和各种房间格局的俯视图。

　　常常是几百张照片贴在板子上让我选，随便一个可能不那么重要的景都提供给我非常多的选择，我光是看就已经头昏眼花了，更不用说他们一处处寻找，再一张张拍回来会有多辛苦。

　　至于这海拉尔的山顶，是剧组给翟老师的紧急任务。他嘴上轻描淡写是随便碰回来的景，但天知道他究竟是看了多少个才最终选定这一个。

我永远记得正式开机前的最后一天，我跟各部门齐聚怀柔仙台影视片场，这里搭建了《后来的我们》中小晓和见清的两个家，也是影片最重要的两个场景——合租屋和地下室。

我们一抵达合租屋时，大家都被真实而细节的场景吸引了。

在众多房间中，宾哥率先为我找到了放监视器的房间，并建议里边的床可供我休息使用，仿佛宿舍舍监一样，而不少工作人员也开玩笑称要提前抢到好房间住下来，可见对合租屋的布置相当满意。

美术陈设的细节丰富，麻雀虽小，五脏俱全。

合租屋的最后一个镜头，是俯瞰合租屋众生相，如果说

黄昏对我来说是magic（魔幻）时刻，那合租屋的俯拍全景就
是我的magic镜头。

当时剧组上下也为这一个镜头想破了脑袋。美术道具、
灯光摄影，再加上近二十位演员的造型、位置、动作，前前后
后安排了很久。当我从监视器中看到画面的一刹那，第一反应
是："会不会太好看了一点？"一间间小屋亮着暖黄色的光，
房间格局并不显得杂乱无章，反而有一种经过设计却又不着痕
迹的不规则美，厨房里的老人在做年夜饭，小孩子在楼道里跑
跑闹闹，年轻人喝酒划拳，情侣在温存……镜头拉远看，合租
屋像极了制作精美的手工小屋。

为了避免制造出过于温馨的感觉，我们还是给其中一些
房间换成了白炽灯，否则我真的担心观众会像我一样爱上合租
屋，产生一种"北漂的居住环境非常美好"的错觉。

开始拍这组镜头，其实就离拆掉合租屋不远了，真的为

我们的美术组觉得骄傲，我想他们看到这画面应该也会很感动吧。

最后我想跟翟老师说上几句："当初你先拒绝了我，说北京这十年看似没变化，其实变化的都是细节，太难做了。并且，你心想，刘若英做导演？行吗？而今我想说，还好你最后来了。这十年的北京被你跟你的小伙伴们给还原了。就想问你，我这女明星变导演，还行吗？哈哈哈。"

我很好，
除了
想念儿子

"对我们而言，到底什么是更重要的呢？"

2017年8月14日

出发去北京筹备电影。换个身份，再出发。

希望儿子待得习惯，建立在北京的小朋友圈，那就好

了。好不想出门四个月啊。

2017年8月15日

送完孩子去学校！开工大吉！

2017年8月22日

儿子跟妈妈说"想回台北"。

妈妈安排他今天回去。

安排了两天，哭了两天。眼睛都肿了。

希望他回去开心，然后说"想找妈妈"，我再立刻安排。

啊！我真的是变态妈妈。

如果我知道儿子不能跟着我一起工作，我还要选择拍

戏吗？

如果说所有的故事都讲个道理，那这故事应该是关于，所有的安排不管多完美，情感这回事都没的安排，也永远没有做好准备的那天。

我在写《后来的我们》剧本时，那段在小晓与见清的电影情节与对白中，就该百分之百明白这个硬道理，但现实的人生总不轻易给答案，要你实实在在走一遭才算。

我记得筹备期间，某日早上我把室内小盆栽拿去阳台晒太阳，儿子一句"小花跑到外面去了"，我忍不住惊呼一声："Oh! My god!"当电影如火如荼地开始前置作业，演唱会如火如荼地进行，儿子成长的速度也越来越快。

而我无论如何，一点都不想错过他的成长，当时我已经下定决心，拍摄期间他肯定要列为我的必要"工作人员"之一。

我尽量安排在儿子午睡或者晚上入睡之后才修改那改不

完的剧本，只为了争取跟儿子短暂的相处时间，他睡觉前常出新招："妈妈不work，妈妈不出去，妈妈在家！"一直要我说关于法拉利的故事（我乱编的，说Toyota是法拉利的爸爸，Mini Cooper是他妈妈）。

折腾一晚上，终于等到他沉沉睡去，虽然我疲惫不堪，但搂着他感觉到幸福，舍不得放手。

2017年9月13日

虽然活该，但是对于常常听别人说，我的忙碌是自找的，想念儿子是自找的，那么累是自找的，还是蛮难过的。

好吧，难过是自找的。

2017年9月25日

陪着妈妈瞎忙活。美术组的新人，哈哈！

从决定要离开台北执行拍摄计划的那一刻起，我就想方设法要把儿子带在身边。我找了一个安全又可以玩乐的幼儿园，面试几个能够信任的专业的保姆，上网询问北京的妈妈们哪里适合孩子吃喝玩乐。

在这些过程中，我承认兴奋之余，有些点忑。

毕竟，我是第一次当妈妈，又是第一次当导演。

儿子能适应班表周期吗？

而我能胜任在两种角色中转换的日子吗？

当"刘若男"演唱会结束后，我带着儿子飞往北京，展开第一阶段新兵入营训练（儿子显然是班长，而我仅是小兵）。

爷爷奶奶都在北京，所以一开始儿子的兴奋掩盖了不适应，毕竟那么多新鲜的事物，奶奶做的各种好料，加上换了环境，我因为心软而没有严格要求他的作息。

电影筹备期间，每天我送他去学校，陪他玩一会儿才进公司。下午接他去公园，晚上去爷爷奶奶家吃晚餐，再一起走路回家，前途一片光明。

一个星期后的早餐时刻，他突然说："妈妈，我想回台北的家……"

我说："这里也是你的家啊，这里是你北京的家。"

他直愣愣地盯着我，斗大的眼泪就要滴下，他明确表态，这可不是个能讨价还价的问题。

"妈妈，我想回台北的家。"

我当场抱住他，急忙说："好好好。"即便他只有两岁，我还是尊重他的每一个决定，我相信，孩子知道如何做才是对自己好，为了他好，我毫无保留。

回台北，安顿好，让儿子重新回到他日常熟悉的轨道中，而我却必须再度出发，一个人离去。再多不舍，我还是得回到倒数计时，蓄势待发的剧组。

当我回北京时，他在台北却发烧了。

我俩视频，额上冒着汗的他别过头去，不理我，仿佛那身热病不适，我是唯一的该被惩罚的祸首，而身为最该陪伴着他的人，一个母亲，我无从辩解。

我说："既然你不想跟我说话，那我挂电话了哦。"
他说："不可以挂电话……"

于是，我就这样看着他在千里之外的背影一个多小时，等他睡着才挂电话。

遥望着他，我想难怪戏剧中总写着儿子是前世的情人。

　　然而我真正的考验，却是从拍摄之后才开始。

2017年10月10日

　　再有九天就开机了。我比想象中要平和、适应。

　　但是，对跟儿子分开这件事情，我比想象中要焦躁不安。谢谢陪伴他的你们！

2017年10月21日

　　我很好，除了工作本该有的副作用，除了想儿子。

　　我很好。放心！

　　开拍后一个星期，每天早出晚归，我常常洗澡时已打瞌睡，上床时手机还握着，电话不知拨给了谁，想找人说说昨天、今天、明天的戏，却已经睡着。半夜几次惊醒过来，第一个念头就是儿子在哪里，想拨电话给他，问他好不好，却有种在这关系里面我是第三者的感受。这份犹豫不定，像是怕在错的时机打电话，担心吵醒了谁又让他受伤害的那种孤单。

在这漫长的拍摄爱情电影期间，这算是最荒谬的心理现实情境了吧？

转场时，我抓紧时机和儿子视频。他总是"故意"玩得那么高兴，报复性地哈哈大笑，甚至出镜连看都不看我这个妈妈一眼，我真想叫演员、副导演过去给镜头后这小子一点戏剧指导，至少要知道摄影机在哪个方向吧？现在是演哪一本？别让导演连人都看不到！

每每监制看见我跟儿子视频，就会嘲笑我是"自取其辱"，导演威严丧尽。

我明白，儿子不是不懂，他不到三岁，却什么都清楚，但他就是在跟我赌气，赌一股我不在场证明的气。

虽然上一秒和下一秒我是导演，但这一刻，我明明就只是个想念儿子的妈妈。

这时，我才明白"思念"怎么演。

2017年11月8日

收到从台北打包过来的礼物，甚是满意。

拍摄后段冰天雪地极其寒冷，让人尤为想家，想念让自己心里能暖起来的宝贝。不只我一个，每个人都是家里的宝贝，每个人也都有宝贝在家，或许是父母，或许是爱人，或许是孩子。

大部队转景海拉尔的那一天，我在朋友圈看到制片姚主任发了这样的文字："不能陪你，爸爸遥祝大姚生日快乐。"

我心里觉得有点难过，甚至有点抱歉。

对我们而言，到底什么是更重要的呢？

我会努力把电影拍好，因为这是我做出的决定，不仅是对拍摄团队的承诺，也是对所有陪伴着我、相信着我、爱着我的人的承诺，也才对得起"抛家弃子"吧！哈哈！

你可以问我，如果后来的后来，我知道儿子不能跟着我一起拍摄，我还要选择拍戏吗？

我会毫不考虑地回答你："不会！"

2017年12月5日

刚刚看片哭了。

我竟然在看到这些拍摄的画面时，想到我每个想儿子的时刻。

后期乐高

US
AND
THEM

"只有儿子的手一块一块咔啦咔啦地堆砌出的积木城堡，
还有我脑中分分秒秒都停不下来的那些光影片断。"

　　早上儿子一醒，就摇醒我，说："妈妈，陪我玩好
吗？"我说："我好想睡觉。"他不放弃："那你可以睡在沙
发，看我玩一下下吗？"

　　于是，他牵起我的手，来到属于他那排满心爱汽车的小
天地，先从一块蓝开始，然后红、白、黑、黄，春夏秋冬，你
的台词接上我的话，他的曾经剪到那个谁谁谁的后来，一瞬
间，我好像游走在后期剪辑与这晨起家居生活的片刻幽静中，
只有儿子的手一块一块咔啦咔啦地堆砌出的积木城堡，还有我
脑中分分秒秒都停不下来的那些光影片断。

　　剪不断，理还乱。

　　我曾经以为电影拍摄完毕，进入后期之后，会是一段很
舒服的过程。

　　经历了行军打仗的实战拍摄之后，好不容易进入后期阶

段，我以为做后期就像我曾经录音唱歌的日子，或许需要熬夜吃泡面，但终究可以回到舒适的家里，安排好每日进程，就像上下班一样，不用当空中飞人，也不用费心跟儿子用视频联系情感。然而，实际上却完全不是这么一回事。

若以办桌来说，前期写剧本搞创意想法，只能算是写写菜单。正式拍摄时，虽然人已出门忙活，东奔西跑，但其实还是在干采买备料杀鸡宰羊的活。真正地要展现厨艺，把十道菜在客人陆续就座前一道道按顺序给整出来，色香味俱全，菜还得热乎乎上桌不能冷掉，那才是对真功夫的考验。

一整天的行程常常是早上在台北起床，中午飞到杭州替女主角配音，接着去校园路演，再风尘仆仆地赶去横店找男主角配音，次日再赶回台北进行配乐工作。这一录就录到半夜，中间还要面对其他部门如雪花般传来的各式各样修改的进度与确认步骤。

电影剪辑从一开始三个多小时的版本一直含泪忍痛地剪到120分钟以内，这期间跟监制、编剧、剪辑师、各方惠予意见的前辈差不多真枪实弹地攻防了一番。我记得有一段时间跟剪辑师廖桑变成谍对谍，早上我剪去的，下午他觉得需要加回去，就这样来来回回许多次。后来我又跟另外一位剪辑师孔劲蕾合作，她有个六岁的孩子，两个互相心疼的妈妈，吃饭的时间都在跟儿子打电话缓和心情，怕是我俩都一样对于作品的裁剪不舍吧。毕竟那些都是拼了命才拍出来的素材，一句话、一个画面都是心血挣来的，谁能轻易割舍。当然，最敌不过的还是我自己，即使这是个爱情电影，要割舍时，却也像告别一段真实情感一样撕心裂肺，但就现实而言我也只得放下。

我本身不玩游戏，但电影中的角色是游戏专业，所以呈现在电影中的细节可是一点都不能放松，好在有过去演唱会的视频组士颉帮我把关。

声音工程上化腐朽为神奇。原本现场录制同期声，受限于条件，当我入剪辑间时列了不少需要补录的部分，但经由杜哥、书瑶他们的专业处理后，几乎不需要补录，而且超乎想象地好。

音乐应该是我擅长的吧？做了大半辈子音乐人，待在录音室的时光也不短，然而做电影配乐跟主题曲，俨然是另外一种学问。做唱片，是单首单首地累积，一张专辑可以只推一首歌，但电影配乐或主题曲是另外一种概念。电影的音乐跟主题曲，往往关乎故事最核心的情感，多一分怕抢戏，少一分则味道不够。一首歌的编曲好听，却不见得适合放在电影里，所以一首歌可能还得做电影版跟专辑版的差别混音。电影配乐制作人陈建骐、歌曲制作人小玲姐差不多也快被我逼疯了，为了电影，改了无数个版本。

最后才来到调光。宾哥拍摄的光影很完美，然而等他来指导调光总合之后，他定调电影该看起来摩登、现代、真实。巧手一调，我仿佛看见了另外一部新的电影，全然不同的光景。

　　我几乎每天都在剪辑、特效、动画、声音，还有同步宣传等各项计划中来回奔波着。每一分钟的调整与修改，都牵动另外一个部门的动作，而每个人都需要导演的判断与决定。

　　有时我去洗个澡喘口气回来，已经有八十几个信息需要回应，有时我甚至想要不管不顾地消失两个小时，暂时抛开导演的身份。然而，就像有强迫症一样，我还是乖乖地一个一个回应。因为我明白，我每晚一个小时回应，就可能会影响到好几个工作伙伴的下一个进度。

　　总之，做后期真的很恐怖，很像当初刚从月子中心出来时的感受。

　　怀孕期间是前期与工作人员天马行空地想象着未来的种种美好，拍摄期间则有一堆人在旁边跟着阵痛，即使碰到状况，有专业医务人员来处理。坐月子时还是百般呵护，只有离开月子中心的那一瞬间才回到现实世界，发现这样的人生可一点都没想到过，全新的创作，会哭会叫什么都要，只能见招拆招，努力整合成一段自己能够理解的新的日子。

现在正全心创作的儿子跟在身边，看了无数次反反复复的配音跟剪辑，他也能说上一两句爱与不爱的世故的话。我说乖，你也别长得太快，有些事情，等长大以后再说。

我想，我这一辈子的累积，仿佛就是为了做这次电影后期，不论是对音乐的理解，对美术的理解，还是对声音的理解，甚至是对我自己人生的理解，都像是在那期限以前要拼了命交的一份成绩单。

有人说，电影是遗憾的艺术，那最后120分钟的完美，却是许许多多舍弃的不完美拼凑而成。

因为拍电影，我们聚集在一起，过往素不相识的人一起度过一段奇幻造梦之旅。每天吃喝拉撒在一起，亲如家人。然后杀青时说了再见，又各自前去参与不同故事与人生。

只有我，一个人还留在这后期的马拉松中日日夜夜继续奔跑着，喘着气，追着最后的倒数计时而心底扑腾扑腾地跳着。

这段时间，我在黑黑的小房间里，看着画面，想着拍摄当天的点点滴滴，好的，开心大笑，遗憾的，则也只能自己去承受。做后期不免有点孤单，因为当时跟你一起拍摄的人已不在身边，你无法转头就说："你记得吗？"但我相信，我们都记得这一路走来的辛苦。

电影最后会变成怎样，多少人会感动，我不知道，但是我希望起码参与的人都能觉得那样辛苦与付出是值得的，也对得起我"抛家弃子"。

每每想到这里，我就真的更加想去做好，一点也不想轻易放过。

没有最好，
只有更好

US
AND
THEM

"电影的事看起来怎么样都做不完，

　但没有最好，只有更好，

　我最好还是得继续改到更好。"

　　我不打算谈监制到底在做什么，我一点概念都没有。

　　我不打算谈一个天刚亮就开始跟我开电话会议，半夜1点在我忙完收工下了擂台之后还发信息留言打电话跟我讨论各种细节的人，他让我明白，我以为我的工作态度很可怕，拥有逼迫工作人员交作业的超完美强迫症人格一点都不算什么，一山更比一山高。

　　我也不打算谈那些从"前期筹备"到"后期剪辑室"一直每天早上7点不疾不徐地说完早安，然后接着说"导演……我觉得……可以这样做，但是……也不一定要是这样，我只是建议……"的人，而这些看似漫不经心、轻如鸿毛的小小建议就足以让我思考、执行一整天。他常常笑说，别抗拒通俗，电影除了自身的创作，还必须让观众感动，可别瞧不起商业片导演，更何况，你以为你想商业就可以商业吗？编剧阶段，他强调我们拍的又不是《红楼梦》，故事都可以改！《西游记》里谁说不能有"月光宝盒"啊？于是我跟编剧又人仰马翻地把整个故事脑袋从里到外，连头都洗了三遍。

好不容易交了新的故事，新的人设，贾宝玉跟林黛玉这次决定好好说再见了。

次日，我又接到相同的一通电话（错觉），早安，我们又开始讨论起前天的同一件事情。

一切又回到起点。

请各位自行脑补接下来的一年，每个环节，每个部门，都重复着像莫比乌斯环那样无限循环的怪圈过程。

我真的一点都不想谈监制到底在做什么（咬牙切齿状）。

我想谈的是，我的监制具备一种冷面笑将的幽默本领，每当我濒临崩溃时，他悠悠地吐出金句，就能让我稳定下来。

而这些金句，在这次拍电影中就像初学英语时得背的狄克逊词组一样，妙用无穷。

　　"只有开不了的机，没有拍不完的戏。"

　　"相信情感的力量。"

　　"信念！信念！做任何事要有信念！"

　　"最后来的永远是最合适的。"

　　"细节决定成败。"

　　"一切都来得及。"

　　"试试嘛！不试怎么知道！"

　　"电影除了自身的创作，绝对要考虑观众是否看得懂。"

　　"如果到这个时候，观众还在看连不连戏，就完蛋了。"

　　"人，还是有惰性的。"

　　"好是更好的敌人。"

　　"做电影营销就是一个试错的过程。"

　　"没有什么不可能。"

　　"让他们见识下沈总的厉害。"

"干一行，不爱一行。"

"为什么每次讨论会议都要说：好的就不说了！我们偏不！我们就要先说好的。"

"英雄怕见老街坊。"

"艺多不压身，债多不愁还。"

"咱们今天吃什么呢？"

"别着急，我来替你！"

"这一切不都很正常？没问题才不正常。"

还有一句，在后期说得最多的一句：

"没有最好，只有更好。"

好吧，我认，电影的事看起来怎么样都做不完，但没有最好，只有更好，我最好还是得继续改到更好。

我真的不打算谈监制到底在做什么，因为记得我当演员时，常常不知道监制是谁，又或者他只是来探探班，说说好听话的？然而，这次我的监制不太一样。我相当佩服他的执行力与调度能力，还有那种"就不信"的意念！如果你只是听说他是个商业导演，那么你错了，他远远比很多艺术片的导演更懂艺术。另外，如果你有机会跟他一起工作，你会知道，那些他说起来轻描淡写的金句，他自己也确实在身体力行。因为如此，我们被折磨得很愉快！哈哈！

此刻，

当导演真好，拍电影真好，

可以自由跳转时间、任由一切重来、

关系永远可以修复、人老了还能回复青春。

后来……

她的
美好

"我在监视器前狠戳屏幕也不解气，
　BB枪已经不够用了，我的手榴弹在哪里？"

　　女主角第一天进组，下巴上的疤还没有好，所以就长在了我的小晓的脸上，顺理成章也好，无可奈何也罢，为了连戏，这疤要不从头遮到尾，要不就一直在。

　　她希望不要遮。好，那我就选择保留。

　　闯荡社会多年的小晓脸上有个疤也正常，我脸上缝了28针的狗咬疤也曾出现在电视剧《似水年华》里，给演员加句台词就好了。比如说，"你下巴上怎么有道疤？"

　　"喝酒摔的！酷吧！"

　　周冬雨版的小晓，年轻、天然、自由、无畏。

　　看到这样的她，我常常会想到出道时的自己，虽然那些隐隐约约的影子很多早已不复存在，然而时间带走的和时间教会的，看看她再看看自己，突然异常清晰。

当然，周冬雨远比当年的我要自信有天分得多，只是有时会气得我牙痒痒。

譬如在第一次定装时，她对着镜子说："唉，女人过了25岁真不能看了！"这话已经够绝了，她突然转过头看见我，补了一句："啊！我不是在说你！"我当场中枪倒地，哈哈哈！

偶尔我也会开玩笑地跟她说："你现在是怎么对待我的，以后也会有人这么对待你。"

她听完只是笑，等到有一天她长到我现在的年纪，或许也会碰到比自己年轻得多的女演员，那个时候她会不会发现，原来我说的是真的。

记得拍摄小晓老家的戏，我们在大连找到了一栋十分别致的三层居民楼。

　　早在看到这栋楼的第一眼，我就能看到演员的走位和镜头移动的方式，甚至连邻居们七嘴八舌的关心与议论都已经在我耳畔响起，遇到这样合适的景不容易，"天时"难测，"地利"一样可遇而不可求。

　　一个独自在大城市打拼的年轻女孩过年回到老家，当她遇见老邻居时，你猜她会面对什么？

　　如果你单身，人家就会问你："什么时候交个男朋友啊？"交了男朋友，问题一定会变成："什么时候结婚？"如果真的碰巧结了婚，那么势必要面对："什么时候生小孩？"这些年，生了小孩不算完，问题也跟着改变成："什么时候要二胎？"如果连生两胎性别相同，怕是还会衍生出更多的问题。

　　除了"什么时候离婚"尚未普及之外，其他关乎个人私事的问题在小晓回老家的这个过程中，基本上已经打着"这是关心你"的旗号被一网打尽了。

对我来说，这是让观众能够了解小晓处境的重要的戏。这是场不需要戏剧夸张就已经够戏剧的戏，生活本身已经够夸张。

当然，我们的女主角可不是省油的灯，她就是能够出乎我意料。

在小晓回家的这一个长镜头里，从进院子到进家门要经过十来位邻居的关心或者说"拷问"，周冬雨可谓是过五关斩六将，兵来将挡，水来土掩，在台词上发挥得淋漓尽致，犹如脱缰的野马拦都拦不住。

"我已经生了仨孩子了，明年过年带回来。"成功地用一句话堵住对方的关心，甚至还把自己妈妈也一起拉下水，"我妈今年不回来过年，她在国外安胎呢。"

　　我在监视器前狠戳屏幕也不解气，BB枪已经不够用了，我的手榴弹在哪里？

　　当然，最后我还是选择用请求的语气对周冬雨说："您能说点我能用的台词吗？"

　　那天小井开玩笑说，导演才是电影拍摄现场食物链的最底端。

　　唉，一语破的啊。

　　然而她这一份难以捉摸的特质，却是比小晓更小晓。

　　第一次拍摄小晓开车上路的戏，我们提前准备了车替以备不时之需，然而事实证明完全不需要，周冬雨开车的勇猛劲确实有我当年的风采。

　　她刚坐进去连挂挡是什么还没搞清楚，等到实拍上路时就直奔100迈了。

　　考虑到摄影要求，我们只需要40迈的车速，但坐上驾驶座的周冬雨数学能力直线下降，好像听不懂40迈的意思。每次喊完"action"后，车子就像是离弦的箭一样直冲出去，她猛地加油，再猛地刹车，如同小晓的性格一样直来直去，没有任何缓冲。

　　几个镜头拍下来，苦不堪言的除了跟焦员，就数坐在副驾驶的井柏然，以及藏在后车厢的录音师了。（据说，拍完这场戏之后，汤哥一整天食不下咽，胃口全无。）

　　本来小井要演出醉酒后的状态，但拍完几条已经完全不需要动用"演"这个字了，坐云霄飞车一样翻江倒海的呕吐感可以说是如假包换。凭着对周冬雨的耐心、尊重以及对她自信心的保护，小井就这样拍了十几条，直到他大喊一句："周冬雨开得我连银行密码都要说出来了！"

　　确实，小井再不吐，监视器前的我也快要吐了。

　　但必须要说明的是，周冬雨是有驾照的，她还特别提醒我一定要把她是"车神"这件事大力宣扬一下。如有疑问，最终解释权归周冬雨女士所有。

　　车技放在一旁不说，周冬雨情绪的爆发力确实不输开车。这场车戏是见清和小晓爆发剧烈争吵的一次。

　　当时小井正朝着窗外准备做呕吐状，突然听到哽咽的声音，当下以为是自己听错了，没想到回过头的瞬间看见周冬雨脸上流下几行泪，顿时吓了一跳，是见清的吓，也是小井的吓。

　　他说："看到她哭，我也想哭了。"

我们都惊讶于周冬雨能在猛踩油门的同时，飙出泪来。

她确实是个天生的演员，她能够听进去，感受当下，并且自然地表现出角色该有的情绪。

在这情境中，一个人在气头上说的重话是收不回来的，还有憋了很久的真心话。就像美剧*This Is Us*（《我们这一天》）里平日恩爱的夫妻发生争吵，隔天清晨丈夫道歉，但前一晚过火的气话妻子不可能当作没发生过。

"You mean it.（你是认真的！）"

气头上的见清丢了几句话给小晓，看似无心，却狠狠地戳到小晓的痛处，她只觉得寒心。

所以，她是该流下眼泪的，即使男生不懂。

此外，一个好演员在关键的情感流露时刻，总是能够让我信赖。

拍摄小晓在站台的戏，周冬雨穿着枣红色的大衣，戴着灰色的帽子，人群散去，只留她一个人在站台驻足的背影，从监视器里看过去，这场景像极了幾米漫画中的某一页，而这个时候的小晓就像是他笔下的女孩子一样，有点寂寞又有点倔强，就那样待在自己的世界里，让人心生疼惜。

那瞬间让我想到油画《克里斯蒂娜的世界》里背身眺望远方的女孩子，你看不到她的表情，也不知道她在期盼什么，但那个背影就已经足够打动人。

接近杀青的一天，她告诉我说："其实我很爱这个剧组的。"她的语气，跟在法庭上当着法官面承认"人是我杀的"没两样。我当时回她："我没感觉到啊……"哈哈。她继续说："我要是讨厌你们，我根本不会跟你们说话。"她淡淡地说着，像是情人离去前的告白。

我听了心里很安慰，因为虽然我常常想拿刀拿枪拿手榴弹，但是这小女孩的真性情是如此美好与难得，她还是感受到了我们是爱她的。

而且，她是真有本事！！"天生"这玩意儿，令人羡慕嫉妒恨。

所以最终，她是活着杀青的！哈哈哈。

我们不是
在等你，
我们在等
井柏然

"有人说，是角色找上演员，

一个好的角色，也讲究缘分。"

拍了几天戏的小井渐入佳境。

他说，一位做演员的前辈曾经对他讲："当你觉得演戏伤到元气的时候，你就离好演员不远了。"而我们的戏才开拍第三天，他已经自觉元气有点伤了，开始为见清感到揪心，而我是知道的。

他说："见清的东西会变成我的东西。"

以前拍戏的时候，我演好自己的戏就好，而现在每天看演员演戏，我必须从新的角度感受他们在角色中的转换与改变。

作为演员出身的导演，我懂得演员是要受到保护的。所以我尽可能地控制每天的拍摄时间，争取高效优质地完成任务。有些人可能会认为反复一条条来磨，才能磨出光彩，但我并不觉得在时长上压榨演员能为角色或电影带来什么真正的好处。我珍惜并保护他们的最佳状态，无论是身体上还是精神上，这样才能事半功倍。

一个演员遇到适合自己而且还有发挥空间的角色，是一件极其难得的幸事，但遇到之后能不能真正走进角色，就要看各人的本事了。

当井柏然跟我说，他这两天莫名其妙心情不好时，我有点心疼他，却也同时替我的角色见清开心。我想小井是越来越懂见清的苦，甚至在不化妆的情况下，开始有见清的样子了，这才开始真真切切地住进了见清的身体，活出角色的人生。

不夸张地说，有的演员演了一辈子戏，可能都没有一次真正进入过角色。

我演过的那些角色，有一些与我几近灵肉合一，甚至杀青之后很久我都难以抽离。这或许不是专业演员的表现，但我姑且妄自称其为"人之常情"，毕竟对我来说，一段入戏的拍摄历程，也同样是一段真实的人生经历，其间感受的酸甜苦涩，爱恨情仇，是真心走了一遭，一点折扣都没有。

当然，我也演过一些角色，表演可能停留在形似的阶段，在镜头前短暂地如她一般喜怒哀乐，身心与角色的距离显而易见，也许别人看不出来，但我自己明白。

有人说，是角色找上演员，一个好的角色，也讲究缘分。

我相信见清对井柏然来讲，就像当年我遇到那些和我高度契合的角色一样，是人生中难得的缘分。所以我对小井说：你一定要珍惜这种感觉，即便当下可能被感染到不快乐的因素，但日后回忆起这点点滴滴，很有可能是再难求来的机遇了。

刚开机那几天，井柏然收工后发信息给我："这是你的第一部电影，我会认真地、完整地把见清交给你。"

　　我除了感谢，也对他说："把每一次镜头前的演出当成唯一的，当成最后一次，就像真实人生一样，我相信你演出的每一次见清，都会是最好的。"

　　这不仅仅是对他说，也是对第一次当导演的我自己说，我一定要扮演好导演这个角色，珍惜这一种缘分，每一次镜头前的演出都不放过。这种有伙伴一起并肩作战、拼尽全力的感觉真好。

　　小井从开机到他离开剧组，确实是这么做的，把百分之百的他毫无保留地给了角色见清。

　　我记得一场戏，在地下室的他历经人生挫折与低潮，又经历分手。他蜷缩在被子里蓬头垢面，从歇斯底里的戏中回归平静。他直勾勾地盯着电脑屏幕里对他而言意义非凡的那些游戏画面。

　　台词是用讲的，动作是演的，但他满布血丝的眼睛是骗不了人的。

我未曾想过，当我看着监视器里的他，会脱口说出："I love him。"

那一刻，我是真的很爱见清。

这样的戏太伤神，如果女性观众把自己代入小晓的身体，应该也不忍看到这样的见清吧？

有人提醒我说小井的粉丝会恨我，毕竟他们帅帅的井柏然被我们弄成了这副样子，但是我必须要说，我们全组人都认为这样有点脏脏糙糙，甚至颓废的井柏然其实非常帅、非常男人。

哭戏有时被当作演员演出的一个情感挑战。怎么哭？其实一点都不容易。但我自己倒不认为十秒掉眼泪这样的说法是好演技的指标。

见清这角色在戏里没少哭过，毕竟北漂的日子真的辛苦。但第一次看到戏外的井柏然哭，是他坐在我身边和我一起看监视器的时候。

镜头里，田老师正在表演林父独自过年的戏，一个人吃年夜饭，一个人在火炉旁取暖。我虽早就习惯了剧组女孩们一看到田老师演戏就齐齐落泪的盛况，但这次转头看见井柏然抹着眼泪的样子，我还是有点惊讶。

当时刚刚拍完见清和林父吵架的戏，田老师先演了几条，被我嫌太过温和，我请他不用客气，直接对见清大吼一声。

田老师说，他这辈子从来没有这么大声对家人或孩子说过话。第一次就给了我们的戏，给了小井。

当天，井柏然收工后，迟迟不肯离开，他说："我要多陪我爸一会儿，我想看我爸的戏。"

他看完后，一言不发泪流满面地离开了林菜馆，他的背影是最悲伤的见清的背影。

他让我相信，他是真的在乎那个镜头后面的爸爸。

最后一场在林菜馆拍摄的戏，也是林菜馆在成片中的最后一次出现，当2018年的见清回到菜馆，父亲已经不在了。

灶台上积着不知道几层灰，原来人丁兴旺热火朝天的年夜饭景象已不复存在，取而代之的是铺天盖地的尘土，空留再简单不过的几样老家具，这份萧条寂寥，再没了人气与温度。

这场戏对十年后的见清颇为重要，但其实它不在剧本里，而是在菜馆的戏拍到第三天时，井柏然主动提出来的。

我有点惊讶，但马上就请制片组进行筹备，排入了拍摄班表中。

毕竟剧本是编剧在这一切都还没发生前的"以为"，然而经历实际的拍摄之后，这些神奇火花与灵感，需要演员的二度创作，演员与角色之间再没有距离，他的动机与行动，会响应我们内心深处对于故事的期待。所以井柏然明白，见清需要回来，这故事才能够完整。

然而，如果不是有前面几天他在菜馆里的戏做铺垫，井柏然不会萌生出要角色十年后再回来这里的想法。如果不是和田老师的父子对手戏让他动情颇深，他也不会想要用这样一场戏来表达儿子对父亲或许迟来但绝不愿缺席的爱与牵挂。

如果说要给这个菜馆留下一句什么话，除了电影里再相见之外，我希望菜馆的灶上永远有热气腾腾的菜，火炉里永远烧着火，不灭。

我想井柏然也是一样吧。

经过这两个月的拍摄，我渐渐也能够明白，为何这个年轻演员会受到许多人喜爱。

每当井柏然路过车站出站口，铁门外守候已久的女孩们就会发出她们能发出的最高分贝的尖叫，我坐在监视器前还以为哪里发生了暴动。

有天大队人马收工回到酒店，我看到一群女孩守在大堂，旁边堆着不少食物和礼物，像是等待了很久的样子。

这画面不陌生，因为我在每一个开演唱会的城市都有幸感受到这样的温暖与爱，但我心疼这些孩子，我们凌晨才收工，她们就这么跟着一直等到凌晨。

"谢谢你们，快回家吧，天这么冷。"我忍不住趋身上前，说道。

女孩们仿佛被我突如其来的关心吓到了，显得有些窘，嗫嚅道："我们不是在等你，我们在等井柏然。"

我想我该被这尴尬给瞬间石化了吧。

这一次，我从演员变成导演，看到我的男主角井柏然这么受欢迎，我也真心替他感到开心，虽然我知道人家的出色和人气与我没什么关系，但就是莫名觉得我眼光真好啊。

给小井的粉丝一句话："你们真有眼光！"

我想
让他知道
我爱他

"那光影中的故事，会像个情感涟漪一样，

再度回到我们真实的人生中，影响我们的生活。"

我的第一个电影剧本《易副官》其实先于《后来的我们》，当时易副官这角色就属意田老师，没想到《后来的我们》却先开拍，而片中爸爸这个主要角色也非田壮壮莫属。

这两年，我跟田老师很有缘分，在张艾嘉导演的《相爱相亲》中，我们既是邻居，也是驾校教练和学员的关系。听田老师说，《相爱相亲》宣传时，几乎每到一站就有观众问他和我演的王太太究竟是什么关系。

王太太本人听完还有点小骄傲。

田老师确实是当今华语影坛最好的男演员之一，而他演得好，就因为他不"演"。他的路子刚好跟我相反，先是导演，之后才是演员。他虽然非科班演员出身，但表演起来真实自然、驾轻就熟、小菜一碟，可他还是偷偷告诉我，其实他非常紧张。

"可能是因为我脸皮够厚吧，镜头里还真看不出来我紧张。"

用田老师自己的话说，林父在这个剧本里起到一个"呼吸"的作用，两个人的关系难拍，三个人的戏有了更多的空间和可能性，自然会好看得多。

我一开始设想的父亲角色，就是传统中国家庭中的爸爸。他在年轻的时候，是个有梦想的男人，去了大都市北京求发展，过年期间当他收到媳妇怀孕的消息赶回家时，最爱的老婆却在生下孩子之后过世了。一个男人的生与死，快乐与痛苦，都在同一时间到来。面对他的儿子，他该留在老家老老实实地把这孩子拉拔长大，还是回到那大都市去，继续追逐他的梦想呢？

他选择了前者，挽起袖子，开了家小菜馆。他的想法很简单，只要灶是热的，孩子回了家，就会有饭吃，有饭吃，人生就能过下去。所以，当他的儿子离乡时，一年不管怎么过，人走得多远，在年终的时候终究是该回家吃饭的。然而，就像传统中国家庭的父子关系，他们不太谈心，却又在无心的问候言语中彼此相依为命。

见清在父亲过世后，同样围起围裙，给家人准备他原本最嫌弃的年夜饭就是这道理，父业子承，虽然以现代社会的发展不再是继承父亲的事业，但父亲的影子是摆脱不了了。

而这份情对我来说，是支撑戏的情感重点，是男主角见清的核心情感，短短的拍摄期内，通过两个原本不相熟的演员演出一辈子牵挂的父子情，怎么说都不是件容易的事情。

田老师在开拍的第一天，包了水饺给大家吃，他竟然细心地知道小井不吃猪肉，特意包了些牛肉水饺给小井。这份情、这份用心让故事从镜头启动前的那一刻就活了起来，因为他是真心真意地对着他这儿子啊。所以他的演出，才能让小井在短时间内就认定田导就是他的父亲。

我永远都不会忘记，小井坐在林家菜馆里面吃着水饺，田老师围裙还围在身上，看着戏外的儿子吃着水饺的眼神，而小井低着头品尝这份心意所自然发出的笑容，对于接下来的拍摄，我心里是一点都不担心了。

我想这也是剧组里那么多人被田老师的演出感动的原因吧。

大家都在林父身上看到了自己父亲、爷爷、外公的样子，特别是在这样的工作环境中，对家的惦念因为田老师如此生活化而又亲切温暖的表演被唤醒、被放大，我想，对最前排的观众来说，田老师诠释的林父完完全全地感动了我们。

不过每次"卡"之后，刚刚还动作迟缓、老眼昏花的年迈林父瞬间就生龙活虎起来，动作和思维之敏捷丝毫不逊色于儿子见清，看到林父在戏外返老还童，我刚刚要掉出来的眼泪立刻收了回去。

真好，有时我们希望电影是真的，有时又但愿它是假的。

或许是因为林父的戏给了井柏然很多触动和刺激，不管有没有自己的戏，小井都坐在现场，看田老师演戏。

他悄悄跟我说："我想多一点父子情的戏。"
我问他："为什么？"

"我想让他知道我爱他。"

戏里的见清没少冲父亲耍脾气发火，因为父亲就是让他不得不离开家乡证明自己，却又守在家里盼望着他平安回来的那个高大形象，是一种压力，却也是一份安慰。

那天小井看林父独自吃年夜饭的戏看到泪奔离开。隔天小井说，他看剧本的时候并没有想到爸爸眼睛竟然坏到了这个程度，然后亲眼看到的瞬间就崩溃了。

他突然心疼起来，不知道是为自己还是替见清，于是很想多一些对爸爸撒娇的亲热的戏份，趁着爸爸还在的时候，对他好一点。

我们都是这样吧。对于父亲，我多想让他知道我爱他。

田老师也疼小井这儿子。

有一场见清醉酒后跟爸爸发脾气的戏，拍完见清的特写后掉转机位拍田老师，而小井在对面搭着戏。

从监视器里，我看到一向专注入戏的田老师有几秒钟出神，还没来得及问他，田老师便自己走过来悄声说："刚才那条真应该拍见清正脸，演得真好。"

我转告小井，他有些不好意思地跟我申请，能不能拍完田老师后再给他一次机会。

当然，这场戏拍完时小井说"谢谢导演"，我反倒觉得应该谢谢他们"父子俩"。

我告诉田老师，他在林菜馆的表演让不少工作人员都流泪了，包括井柏然在内。

田老师却忙说，大家哭是因为想起自己家的事，跟他的表演没关系。

怎么会没关系呢？

拍摄见清自己的这场哭戏时，林父已经不在了，看着井柏然的表演，我也跟着想掉泪，脑海里满满都是林父的样子，属于田老师的林父的样子。

有的表演让我们联想到自己的生活并为之动容，然而有的表演或许与我们毫无关联，却能让我们感同身受甚至深陷其中。

两者说不上孰优孰劣，对我而言，无论哪一种都是我作为观众愿意去感受的。而我也相信，那光影中的故事，会像个情感涟漪一样，再度回到我们真实的人生中，影响我们的生活。

看着镜头里的田老师，我又动了想演戏的念头。其实我不算是有戏瘾的人，但是遇到戏好如田老师这样的人，就也想变成故事里的人和他们一起去体验一把人生。

"下次我和张姐演两个酒鬼，您演酒廊老板怎么样？"我问田老师。

他回我："就酱（就这样）！"

你看嘛，这顽皮的样子哪儿还像林父。

真的爱死他了。

后记：

过完年的一天，收到田老师的一条信息又让我落泪了……

　　导演好，

　　年到底是过完了，

　　昨天中午和妈妈吃饭，下午赶到香港，

　　吃饭的时候哥哥问我：

　"你演的那个预告片《好好吃饭》什么时间发布？"

　　妈妈突然冒出一句："演得还不错。"

我们的四季

US
AND
THEM

"就这样，我们在一起两个月，

　走过无数的春夏秋冬……"

在北京拍摄的期间，从家去往片场的路上，有一条街上的树影好美好美，我想，我要让角色们在这场景里谈情说爱。我跟摄影师宾哥说，我想在那条街上拍摄男女主角恋爱的蒙太奇片段，春夏秋冬四季都要。宾哥回我："为什么你跟张姐一样，每部戏都让我拍四季？"哈哈，她为师，我为徒，这就是所谓耳濡目染，或者心有灵犀吧。

所以，就从夏天说起吧，这也是开拍的第一场戏。

当导演的第一天，我不知道我能掌控多少。我通过对现场细节的掌握，一点一点地调整着我自己进入拍摄状态的敏锐感。夏日炎炎的大学男生宿舍里，衣架上的袜子将干未干，电脑旁堆着小山一样的瓜子壳，簸箕里有倒不干净的垃圾痕迹，泡面冒着蒸腾的热气。

时值北京秋日，却拍着盛夏的戏不容易，但不论是在浴室中泼水嬉闹，还是在篮球场上驰骋投篮，小小镜框中靠着演

员、美术师及摄影师协作所展露出来的热情与活力，一下就点
燃了我心底创作的火，使我踏实了起来。

在这一天的拍摄中，想象与现实对应了起来，故事不再是
纸上作业，角色与环境，还有我所珍惜重视的时间感，就发生
在当下，通过镜头跟剧组人员一一展现出来。我就跟演员所扮
演的角色一样，对毕业生步入社会与我自己接下来充满未知数
的拍摄行程，充满了期待，这种大家一起努力的感觉，真好。

秋天的尾端来得比预期还快。

在班表上原定一个星期之后的戏，在一场高达六级的大
风吹拂下提前了。这场大风吹黄了北京满城的银杏，同时，也
吹落了其中的一半。

初次听到这个消息，我简直要昏倒。拍戏最怕的就是天
气、天光、小孩、动物等不可控因素，有的错过了再等一天，

可是银杏叶落光了，得再等上一年。

我们临时决定先改拍银杏林的戏，跟时间赛跑，跟天气打赌。大部队天不亮就出发往城外走，摸着黑去奔赴一处不能预期的景。当车子开进一整片黄灿灿的银杏林时，我想很多人都和我一样，早起的疲惫与寒冷都被这秋色美景给驱散了。

早一天太早，叶子还没有黄透，晚一天又太迟，树叶恐怕几近落尽只余空枝，而我们却恰好把这一年秋天最好的银杏树给留在了镜头里。

深秋再加场，我们选择拍摄夕阳。

一台机器、一个天台、一位男演员、一个长镜头，从太阳下落起，直到金色的"蛋黄"完全消失于地平线，天光在我们眼前一点点转变为暮色。我没喊"卡"，宾哥也不停机，小井其实没有在演，他只是将自己完全沉浸在变化如人生的天色之中。

冬天，对演员来说是生不如死的考验也不为过。

当年我演张爱玲的时候，导演要我在零下20摄氏度的雪地里穿着春装，足蹬高跟鞋走，这对我来说几乎是不可能完成的任务，心里想要迈腿往前，但雪地如兽般紧紧地咬住双脚，我完全走不动一步。这时候摄影师高声喊着："现在满地的雪都是你的反光板，拍起来好漂亮啊！"这句话就像咒语般，瞬间我就可以摆动腰肢走起来了，哈哈。

而这一次在零下近40摄氏度的海拉尔，我亲爱的演员却能完美落地，我深感敬佩！

在《后来的我们》里面，春天，是在海港边上绽放的烟花。这是两个主要演员第一天的戏，从两人关系的层面来看，从对未来抱有希望与幻想的角度来讲，这个时刻是最美好的。

镜头是"残酷"的，当两个人冲着大海与烟花大喊着心中理想的时候，镜头逐渐拉远。广阔天地里只有两个渺小的人扯开喉咙喊着，所有的雄心壮志在那个瞬间都变得微不足道。

春天的花，灿放一瞬间，当严酷的夏日来临时，才是两人之间的考验。

周冬雨和井柏然一直笑着叫着，完全展现出年轻人初生牛犊不怕虎的劲及无忧无虑。

但我也想有安静的时候，所以我尝试跟两个人沟通，不见得只有讲台词的时候才是戏，对我来讲，适当的安静或者停顿其实全都是戏，每个呼吸都可以是。烟花绽开的一刻，他们两个人并肩安静地站在一起，其实就是最好的戏了。

就这样，我们在一起两个月，走过无数的春夏秋冬……

虽然那些隐隐约约的影子

很多早已不复存在，

然而时间带走的和时间教会的，

看看她再看看自己，突然异常清晰。

有的表演

让我们联想到自己的生活并为之动容，

然而有的表演

或许与我们毫无关联，

却能让我们感同身受甚至深陷其中。

有有
没有
在一起

"爱，始终不是谁救了谁的问题，而是谁爱上了谁，
谁又愿意为了这份爱而无条件奔走的问题。"

我们总是吵着要分手。

剧本写了无数稿，回馈意见中总是反反复复地问着，为什么要分手？关于分手那一段，我看不懂。甚至在剪辑的阶段，被问及那么相爱为什么不在一起。

如果每一次分手，都是因为不爱，都有原因，都清楚地知道为什么，都好好地说了再见，那么，哪儿来那么多不甘、遗憾、思念？

或许，电影需要吧。电影只有一百二十分钟，而人生相对来说长得多，其中冗长甚至毫无意义的部分也可能存在，但至少就我记忆所及，在那分分秒秒都得拼命认真的情感切分点上，我该是站在说不清楚分手理由的那一侧吧？

好吧，那我们就来细数一下分手需要什么理由吧！

爱上的时候，比较简单，是前世今生，或者命中注定，或者一见钟情，都可以，理由可以不明，这个阶段，大家要的是结果，而结果就是爱上了，所以在一起。

但分手的时候，我们记得的总是令人心碎的情境。

可能是在彻夜难眠到不了站的夜行列车上？你说你不想给承诺，而我说爱情早就过了保鲜期。或者是餐厅里陷在最后一道菜与甜点之间的那片刻窘境里，你说你不开心，而我说两人在一起太亲昵，还不如单身时快活。甚至是刷牙时看见自己龇牙咧嘴灵光一闪的刹那，你想到我总是忘了牵你手就大步前行的坏习惯，而你说你很忙要拼事业赚大钱过好日子，我们忍不住就想对着那躺在卧室里面滑手机的男人或女人大吼一声，我受够了！我要分手！

但结束之后，当一个人站在寒风彻骨的黑夜里挥着手招出租车时，怎么样也想不起上一刻分手的理由，心底却留下了刚刚连句再见都没好好说的遗憾。

而后来的我们，总是到了事过境迁之时，在某个街角等红绿灯，从那形形色色的路人穿梭中，才想起了那像是种在遥远的黑森林中，不知不觉发了芽而逐渐从心里浮现出来的枝叶茂盛的各种分手理由。

想起来时，总不禁倒抽一口气，头顶的阳光少了几分。

故事从这里才算开始吧。就从分手之后倒数计时，我们又重新想起了彼此的那一瞬间才开始。

法国小说家玛格丽特·杜拉斯在《情人》中曾经提及一段，让我印象深刻。

我已经老了，有一天，在一处公共场所的大厅里，有一个男人向我走来。他主动介绍自己，他对我说："我认识你，永远记得你。那时候，你还很年轻，人人都说你美，现在，我是特为来告诉你，对我来说，我觉得现在你比年轻的时候更美，那时你是年轻女人，与你那时的面貌相比，我更爱你现在备受摧残的面容。"

后来的我们再见面的时候，到底会是什么样？

可能是过年前在北京的超市里面，你出差返家前正要买些年货，而我则想在小年夜为远方来访的友人煮点小锅菜饭，我们就这样偶然相遇了。

又或者是在陌生城市的冬夜里，大雪纷纷而落，我们都被困在机场里面，你的鬓角比以前白了很多，而我还在考虑着是否该回家过年，或买张飞往温暖地区的机票，找一个比心底温度要高的地方。而我们却在这千万分之一的概率中又碰上了，有了第二次好好说再见的机会。

记起当初离开时，我们都有各自坚定的理由，我有一千个问题想问你。

当我看见你时，这些问题都不重要了。

你我靠得太近，过去的爱，让我们此刻目不转睛。

角色在心底慢慢成型，对我来说，分手的理由很简单，即使最完美的恋人，在不对的时机碰上了，这种缘分就像买了不同航班的机票一样，两人相遇的缘分仅止于那耽搁在机场里面的片刻，而终究要踏上不同的旅程。

故事设定是在2008年北京奥运会前后，充满希望而飞扬的中国梦逐渐沉淀下来，北漂的青年们在现实之中逐梦，却也面临考验。

想象中一个女孩只身离乡来到北京，她无靠无依，现实是必须在城市中找到她安身立命的方式，因为她没有退路了。

女孩的故乡随着父亲的过世及母亲的离去而失落，所以她渴求一份安定感。一个北京户口，可以代表她的全世界，她没打算路过，她想要安定下来，想要一个家，需要被爱，当她意识到这点时，就是恋爱发生的时候。

男孩在出发时，总是雄心壮志，怀抱着衣锦还乡的梦想，势不可当，而爱情的浪漫却很容易在初期时被定义成一种软弱跟妥协，是奋斗路上的绊脚石。给一份爱情的男孩，必须有事业心跟企图心，他需要向全世界，包括眼前的女孩，证明他的高度与勇气足以征服一切，在爱的面前，他是不能屈服的。

因此当男孩与女孩相遇的时候，即使那电光石火的刹那是百分之百命中注定的缘分，也因为两人手上拿着的是不同终点的票而迟疑了。

当那催促上车的广播声响起时，男孩与女孩都犹豫了，谁该舍弃？谁该陪谁去走一趟？或者，我们该做个约定，像是电影《爱在黎明破晓前》男女主角那样，一年后在维也纳见面的承诺？或者，该像涩谷车站前的忠犬小八，忠实等候爱的主人？

还是，我们都不走了，我们就守在这里，让手上这张票作废，相信只要拥有彼此，未来去哪儿都无所谓？年轻时，我们都拥有这份浪漫的勇气吧？管他飞机是否要起飞，是否最后一班返家的船，此刻我们可以一起在这里过一夜、两夜，一年、两年，这就是属于我们的爱。

有了这份勇气，我们不该分手的吧？

还是此刻，我们才想起，当那班飞机飞走之后，我们困在这里的那一夜，对下一个目的地、下一个确认的时间表、下一个阶段的自己都失去了方向而产生陌生感，才在这份亲密中看见自己的脆弱与无助，甚至是自卑。

多年之后，我们才足够成熟地明白，原来当初困在各自内心的自卑，才是两人不得不分道扬镳的理由。

爱，始终不是谁救了谁的问题，而是谁爱上了谁，谁又愿意为了这份爱而无条件奔走的问题。

后来的我们，可能什么都有了。

却没有了我们。

我们
没想到的
后来

US
AND
THEM

"电影源于生活，高于生活，
但有时实实在在的生活远比电影更让人想不到。"

如果用三个字来定义我二十多年的职业生涯，我会用"没想到"这三个字。

我相信，谁也没想到吧？

有人说，从来不是演员找角色，而是角色找上演员。然而对我来说，不论我扮演什么角色或者转换成什么职业身份，我都只有一个念头。我想用音乐、用歌词、用动作、用声音来响应我内在的疑惑，有时那舞台巨大空旷到令人恐惧，而我只有一个原则，即使发着抖也要站上去，不想放弃，即使我知道我的不完美，但只要选择了角色，我必定全然投入。

因此，没想到，2017年，导演这个角色找上了我。

开拍后，每一次拍摄现场与监视器前的导演椅之间的距离并不会太远，一天之内总要往返走上个一百余次。现场人很多，监视器后面人同样很多，唯有中间这段路程，我拥有短暂的独处时空。我一步一步地走，有时安静到甚至能听到自己的呼吸声，我要想清楚这场戏要怎么调整，要如何跟演员表达，有时经常走着走着突然刹车，心跳一瞬间因为脑中响起的莫名主题音乐而改了拍子，立马折返，谁说导演做的不是体力活？但我乐在其中，这何尝不是另外一种关于导演的角色扮演，而全然投入的时刻是最幸福的时刻。

电影源于生活，高于生活，但有时实实在在的生活远比电影更让人想不到。

2010年5月31日，南斯拉夫行为艺术家Marina Abramović（玛丽娜·阿布拉莫维奇）从一把木椅上缓缓站起，至此，她已经在纽约现代艺术博物馆里静坐了两个半月。在过去的这716小时中，Abramović岿然不动地与1500个来来往往的陌生人对视。有的人一接触到她的目光不过十几秒，就崩溃大哭起来。直到一个人的出现，让雕塑一样的她突然开始颤抖、落泪，那就是她的昔日恋人Ulay（乌拉伊）。隔着一张桌子，曾经一道出生入死的恋人伸出双手，十指相扣，在分手22年之后，他们再度相逢。

这是一场行为艺术，最后意外地成为赤裸裸反映生活本身的一面镜子。

有一场戏，井柏然和周冬雨坐在床上，注视着对方，两个人就这么一直看着，那是他们在戏中分开很多年后重逢的第一个晚上。剧本中，没有动作指示，但我了然于心。

我开玩笑偷偷跟摄影组讲："不许停机，直到宾哥睡着才能停，哈哈。"我想用这样一个画面来说明，时间不是用来忘记爱的，而是见证爱。Abramović说，对一个人最深情的事，就是给他全部的注意力。此刻只为你存在，成为你内心世界最完整的投射。这一刻的见清和小晓就是如此，时空静止，唯有这对昔日爱人深深地看进彼此的眸子里，仿佛要把这十来年都看穿一样。

拍摄现场的所有人也都默契地屏住呼吸，像是要和见清一起深深看进小晓的眼里，再和小晓一起深深看回见清的眼里。这就是拜伦的那一句诗吧。

假若他日相逢，我将何以贺你，以眼泪，以沉默。

拍摄电影是一个把梦想变为现实的过程，有时候看着监视器，没想到，这一切都似曾相识。

小井跟我说，有一种悲哀叫林见清。

我想，人最大的悲哀是你没有资格悲哀。戏里的见清是这样，可能很多人都是这样。世俗意义上的幸福你都有了，还有什么烦恼可以说与他人听呢？

但是，谁又能真的没有烦恼，并不是有另一半、有小孩、有事业就是完美的人生，当我们连悲哀的权利都没有了，这才是真正最大的悲哀。

或许，是因为遇到分手多年的旧爱，或许，是突然照见旧时自己的缘故，没想到发现悲哀从中而来，而这一切与你此时此刻拥有多少没有关系。

没想到的顿悟，光影记录下的该是人生的此时此刻。

我的创作都是在跟"你"对话，但面对不同的"你"，说出的话有可能全然不同。

我一直都觉得人跟不同的人在一起，真的是会激发出不同的面貌的。和小晓在一起的见清，和父亲在一起的见清，甚至和同事、客户、老板在一起的见清，都不会是一样的，不是他善变，而是每个人都如此。或许我们都很难有这样的自知，甚至一旦被旁人指出来都会觉得难以置信或是羞于承认，但是演戏的时候，这样的不同面相是需要被呈现甚至放大出来的。

语气、表情、体态、小动作，都会随着相处对象的不同而有所改变。

我记得拍摄地下室的时候，本来窗外小花的戏只出现在他们搬来的第一天，小晓看到一株小花，让她对地下室的生活不至于那么绝望。

小井跟我说，他想要在之后地下室的戏里多弄一些假花插在窗外的土里，不张扬甚至也不明显，但这是见清对小晓默默的爱与付出。

虽然花是假的，但情比什么都真。我听完觉得很好，这个编剧和导演都没有想到的事情，小井想到了。这不见得是全然身为演员的考虑，我觉得是身为角色的见清想到了，他在角色的身体内，在有限的条件里，用他自己的方式极尽所能地对他爱的人好，能萌生出这种想法再自然不过。

　　花到现场的那一天，我请小井亲自去选他想要的，看见他非常认真地蹲在那里为戏中的小晓选花，并没有摄影机对着他拍，但这感觉真好，已经说不清是戏，还是真心。

　　一万分之一的没想到，每个人在生活里都是最好的演员，恰如其分。

　　一开始别人问我："《后来的我们》是一个什么风格的片子？"我会说它就是我的风格，就是一个刘若英的风格，就是我想用来感动你的一部电影。现在如果有人问我，我会更想要跟他说："你看了电影之后来告诉我吧，《后来的我们》是一部什么样的电影？"

　　我把一些剪好的片段拿给好友许品诗看，想要听他的意见。他说，这电影的样子已经差不多出来了，但好像跟开拍前想象的走向有点不一样。"真是奇妙！尽力不违心地去做一件事，走着走着自然开出一朵花，不论这花是不是原本想象的，但它仍会是一朵盛开的花。"我其实蛮好奇他看到的究竟是什么样子，因为我觉得，好像不管我做什么，最后都变成仙人掌。

后来，品诗传来一张图，满屏的仙人掌开着色彩缤纷的花。

原来，仙人掌的花也是很美的啊。那一刻我突然觉得，《后来的我们》这部电影的诞生对我而言，就是一个仙人掌开出花的过程。

昨天
好像
就在眼前

US
AND
THEM

"现实远比戏剧残酷，
　我希望我的作品可以现实一点。"

有一种说法，每个导演执导的第一部电影作品都或多或少带有一些自传性质。我不敢说《后来的我们》这个爱情故事里没有我自己的经历或心情，毕竟几乎每一个爱过的人都能在里面找到自己的影子。

见清：我该给你颁奖。

小晓：如果有最佳前女友奖，我一定当之无愧，真的，我所有的前男友现在都过得特别好！别的女人旺夫，我旺前男友……

见清笑。

小晓：I miss you。

见清：我也想你。

小晓：我是说，我错过了你。

见清：我们错过了我们……

（摘自剧本《后来的我们》）

男孩和女孩长大了，大到男孩甚至都有了自己的小男孩。

多年未见的昔日恋人在雪地中的车里静静坐着，想谈从前又不知从何谈起，想追问些陈年旧事却也无济于事。在没有说清楚的情况下分手，未来十年，心里有一千个问题想要问对方，但等见到面的时候发现都不重要了，问了又如何？会和解吗？会痊愈吗？

答案都写在那个人的脸上。

这场戏是几乎快开拍时才写的。一天，在工作室，我跟监制聊剧本，无意间说了"如果……后来……"的概念。

张监制说这个概念可以试试看，回去写一场戏吧。当晚，我难得开了瓶酒，点起蜡烛。我坐在那宛如神坛的电脑前，对着那从前的我，开始说起这段"如果……后来……"的后来的事。我絮絮叨叨地说着，缠缠绵绵地说着，气急败坏地说着，那些念头就这样随着我的口一句句地流泻而出，然后我一口气噼里啪啦地敲打着键盘写完。走出房间，我念给小嫚听，她的表情像是看了两个小时的欧陆电影，长吁了一口气，不吭声。

我明白，就是这个了。

后来的后来，我跟监制说，我为此开了酒。他说值得，他愿意给我一瓶，一箱都行……哈哈。

我很喜欢这场戏。

封闭而狭小的空间正是表演见真章的好场地。如果我是演员，我会很期待可以有这样的表演机会。

男与女，台词、眼神、表情、动作，甚至连睫毛投射下来的阴影都可以是戏的一部分，能给到多少，能让观众接收到多少，就看演员的本事了。

我对于能够创造出这样具有挑战性的时刻，是很兴奋的。拍摄时，这也成了对导演的考验，能不能帮助演员更好地进入这样的人物状态，自然也要看导演的本事。

究竟是该用专业导演的讲戏方式做引导，还是用自己的人生体验去感染呢？

我不确定，所以我把能用的全都用了。

我把自己和演员关在狭小的车厢里，关掉麦克风，与车外的一切隔绝，和他们一起坠入一个情绪的旋涡，用我的故事、我的体验带着他们走，我甚至翻出当年在巴黎拍摄的《爱情限量版》短片给他们看，用我个人最痛的体验去唤起他们心里最痛的部分，再加上一点点热红酒的催化作用。

　　我不知道这种引领最终会走到哪里，也不知道会不会最后只有我一个人抵达，但那一天我确实看到了从没看过的井柏然和周冬雨。

　　故事讲完，趁着情绪还热，立刻开机。

　　井柏然的特写，35岁的状态对得起他的白发，我在对讲机里悄悄跟他说："你现在就是我故事里的那个男人，你跟我说话！"然后我便看到了我想要的见清。

　　小晓在一旁搭词，她超乎预期地说出一句不在剧本上的话——"昨天好像就在眼前。"

　　这是我开机以来，第一次情绪来到失控的边缘。

　　当井柏然已经把情绪渲染到顶，周冬雨这句话一出来，场记瞬间飙泪。当我缓了口气，视线离开监视器时，看到监视

器后几个女孩个个眼眶泛红，化妆师更是泪流不止。她们没有
耳机，听不到台词，但这份情感像是涟漪一样在空气中散开
来，谁能不感受到这份哀伤而落泪？因而开始在个人独特的生
命经历中，分享彼此在爱情里听过的最伤人的一句话。

　　有时台词是戏，有时表情是戏，有时静默是戏。

　　戏能引起共鸣，这也是我们每个人愿意花两个小时待在
一个黑暗空间，聆听并观赏他人故事的理由。

　　有人说，要不要拍另一个版本的结局，符合观众的期
待呢？

　　不，对我而言，最好看的爱情电影其中一种面貌就是观
众都希望男女主角在一起，但他们就是没有。对我来说，现实
远比戏剧残酷，我希望我的作品可以现实一点。

　　戏拍完了，两位演员精疲力竭，大喊着要吃火锅补补元气，而我想到刚刚掏心窝分享出的那些故事，有那么一点点的后悔，实在是被情绪影响到以至冲动地讲了太多不能讲的秘密。

　　要想守住这最后一道防线，唯一的方法就是拍完戏后"杀人灭口"。

　　帮我准备三颗子弹吧，小井、冬雨一人一颗，最后一颗留给我自己。

期待
重逢

US
AND
THEM

"我希望每一个人都能在故事里面找到自己的影子。"

　　有人说，在爱情里所有的相遇都是久别重逢，而对我来说，在电影拍摄里面的久别重逢则如鲠在喉。

　　最初构思拍摄《后来的我们》这部电影，除了想要拍一拍年轻人在大城市奋斗的生活状态之外，避不开的就是"爱情"二字了。

　　我想讲一个关于爱情和时间的故事。一见钟情的爱是很美，但是经过岁月沉淀后的爱更有味道。一男一女，说说以前，说说现在，说说以后，把一份爱情安放在时间轴里，等到十年以后再回过头来看它。

　　开机前的剧本会上，我们讨论起男女主角2018年的重逢戏，平日里话不多的宾哥语出惊人："你们年轻，你们不懂，有些事情是真的回不来。"谁又没有一些倒不回去又追不回来的遗憾呢？这正是《后来的我们》的意义所在吧。

　　这故事里最吸引我的，就是不管后来的我们有没有在一起，但至少我们记得共同经历过的美好。多年之后，想象重逢之时，或许云淡风轻，岁月静好。但是当我们实际上再度面对前任，在最不期然的情况下重逢之时，在真正达成和解之前（无论是跟自己还是跟对方），这多年前结下的结，是否能够轻易地释怀？当年未解的爱，还有另外一个答案吗？

　　如果当初我们做了另外的选择，那后来的我们会不会不一样？

　　写重逢这场戏的时候，我的脑海里一直出现木心先生的一句话——"仓皇起恋，婉转成雠。"

　　爱上的时候，不明所以就爱上了，分的时候，也不明所以就分开了，一段关系来了又去，留下一堆疑问和怨念。或许，这就是因为幸福的定义是你拥有什么，而不幸福的定义是你终究没有什么。

拍摄前和演员们聊这场戏，其中有两句台词是"如果没有如果""后来也没有后来"。

周冬雨认真地问我："我真的不懂，什么叫'如果没有如果'，可以在最后加一个'呢'字吗？"这就像她习惯性地自由发挥一样，台词对于周冬雨的表演有时是一种束缚，大多数情况下我都任由其创作，因为她对戏的理解与自然反应，有其特别的闪光点，而这些闪光点有时恰恰就藏在这自由发挥里面。

但是这一场戏，每一句台词都是在一稿一稿的剧本写作中字斟句酌得来的，多一分啰唆，少一分又不够，所有的情绪就在两个人一来一往的话语间尽显无遗，而情绪亦需要在这时间的节奏中被展现出来。有的戏台词能动，有的戏不能，这一场就属于后者。

我和演员一起，试着先想办法克服零下近40摄氏度的天气的困难，然后把每一句台词说得沉一点、重一点，尽可能地清晰分明一点，看会不会感觉不一样。

我们在开机的时候，男演员在，女演员不在。关机杀青的时候，女演员在，男演员不在。本来不是这样的拍摄计划，最终却如此收尾，戏里不能长厮守，戏外也没能有始有终地同框，或许注定了他们就是一对没有缘分的恋人。仔细想一想，这或许就是我们这部电影要说的事情吧。

每一部电影都有它的命数，一直到拍摄结束之时，虽然有时艰辛，有时困顿，但以我跟拍摄伙伴一路走来所取得的成果，我明白自己是幸运的，被许多友谊眷顾着。

《后来的我们》不是自传电影，但我想每一位创作者或多或少都会代入自己的人生经验或是生活感想，特别是第一部作品。

我的价值观，我对生命和感情的想法和态度，我毫无保留地都放在这部电影里面了。

有人问我，这部电影是拍给怎样的观众群看的？

过去身为歌手，我也想过同样的问题，歌是唱给谁听的呢？

我想，身为地球人的我，跟大家一样，有各式各样俗业的烦恼，一样会感到困惑，会快乐开心，也会哀伤痛苦。但幸运的我，多了份能够唱歌、写书、演戏的机缘，我最想做的是通过不同的方式让大家看到我们每个人自己。听我的歌，你会觉得那不是刘若英的歌，那就是你的歌，看我的电影，我希望你会感受到那不是刘若英的电影，而是能在里面看到你自己。

我希望每一个人都能在故事里面找到自己的影子。

我期待，后来的我们在电影院里面重逢的那一刻，即便我们是一座座孤岛，但我们并不孤单……

我的价值观、
我对生命和感情的想法和态度、
我毫无保留地
都放在这部电影里面了。

我的创作都是在跟"你"对话、

但面对不同的"你"、

说出的话有可能全然不同。

SIDE B　　　后来的我们　……

每一个人
都有他自己独特的生活方式
只要你愿意付出努力去改变

过年

回家

阿志：

好久没有给你写信了，我还是用笔写吧。

小时候，我们天天见面，还天天写信、寄信，那段日子，实在又天真又遥远。

又要过年了，今年我不跟你回老家了。我要结婚了。谢谢你在过去的日子，不管我们有没有在一起，你都坚持带我回老家过年。

那曾经是我们在老家大树下的承诺，谢谢你一直坚守着。而我却要背信了。

最后祝你全家人健康幸福快乐！

PS：听说你老婆怀孕了，帮我跟她问好，恭喜！

淑芳

淑芳：

很高兴收到你的信，还是手写的。

虽然有点惊讶于你突然的喜讯，不过终于有人能真正让于依靠，这是好事！
不知那个幸运的人是谁，很遗憾没能成为给你幸福的人……

确实，我也该面对爸爸。毕竟演了那么多年，是该让他知道他儿子真正的生活如何了。我早已不是邮差，也早已不开小喜美汽车，早已有自己的房子……

放心吧！我会好好地处理。
希望你与你新的家人都幸福快乐！

PS：我老婆怀孕的事是谁告诉你的？哈哈！两个多月了！

阿志

就这样简单的两封信后，阿志带着新婚的老婆回屏东美浓老家。

阿志跟淑芳高中毕业，一起考上台北的大学之后，就离开老家北上念书。高中时，他们已是班对。淑芳的父母早就离世，她在舅舅家住到初中毕业就独自搬出来自力更生。后来舅舅也走了，留下淑芳一人。

美浓是一个很小的村镇，从村头走到村尾就一个钟头。阿志跟淑芳要离开村里的那一天，阿志的爸爸送他们去车站。有些许白发的爸爸握着两人的手只说了一句："互相照顾，过年回家！"就这样，阿志跟淑芳大学毕业在台北找到了工作，甚至后来分手了，两人每一年还是相约回老家。

离家远行的游子，都知道回老家有一个任务，就是报平安。反正一年就回家那么一趟，演个戏也不算太累。说得太详细就成了家人的负担，更何况，城市和人心的变化速度怎么说得明白呢？阿志毕业那年考上公职邮差。这对爸爸来说是一个安稳的铁饭碗。后来几年，阿志即便辞去工作，转做贸易，甚至还去大陆，交了几任不同的女朋友，一到过年，他还是会请邮局的旧同事准备一些新年纪念邮票带回家。而爸爸也永远在火车进站前半个小时，就精神抖擞地站在月台等他们两个回家。

　　分手的第一年，淑芳就提出不陪阿志回家的建议。但阿志说："别吧，反正我没交其他女朋友，你过年也没其他地方好去，我们就还是回家演两天，让他们看一眼，安心！"一开始是无害的隐瞒，一年又一年地演就成了下不了台的戏码。你说荒谬确实荒谬，但人有时可以如此给自己制造困境。

淑芳确实对阿志的爸爸特别感恩。阿志爸爸一直都会写信跟寄很多家乡的水果到台北给淑芳。阿志爸爸眼睛一年比一年差，却年年坚持去车站接他们。回家路上，阿志爸爸会拉着淑芳的手说："阿志有没有欺负你啊？如果有，你要告诉我哦！你这媳妇是我们修来的福分……"淑芳没能成为他家的媳妇，但这些话听在淑芳的耳里，还是特别感到温馨。

就这样，十年过去了。几年前，阿志结婚了。后来阿志真正的媳妇也怀孕了。淑芳决定手写一封信给阿志。于是阿志终于得带着自己的老婆回家过年……

一路上，阿志心里特别忐忑，十年前该坦白的事拖到现在更是沉重。爸爸会是生气更多还是伤心更多？万一翻脸怎么办？阿志新婚的老婆被蒙在鼓里，却也一路念念叨叨："早就有人劝我别嫁给南部人，每一年可以好好休息的春节假都浪费在拥挤的路途上……明年不跟你回来了……明年宝宝太小，受不了这一路折腾的……"突然阿志大叫："安静点好吗！这趟路你是躲不掉的……你再不愿意也得愿意！"

　　火车进站时总是黄昏，阿志爸爸站在老位置。不同的是，阿志爸爸今年戴了一副墨镜以及挂着一根拐杖。没等阿志开口，阿志爸爸就一如既往地握住媳妇的手说："淑芳，一路辛苦啦！爸爸给你带了刚收的黄金番茄，洗好的，你先吃！这对身体很好。"就这一下，把阿志一路上演练的说辞一下子全打乱了。阿志老婆也不知如何反应——眼前的白发苍苍的阿志爸爸已经看不见了。

　　就这样，阿志的爸爸牵着媳妇的手往回家的路走。

　　过年的三天，阿志变得很多话，音量也高八度。他老婆乖乖演着淑芳，尽量不说话。阿志爸爸不提自己的眼睛，也不提自己渐弱的听力。

　　他愿意活在自己的世界里。

　　在未来的一年里，阿志爸爸走了，告别式按照爸爸的嘱咐，布置用的是家门前山坡上的白色雏菊，跟当年布置妈妈的告别式一样。爸爸一生所有的朋友全都是他的邻居，他们一一鞠躬道别。阿志跟抱着新生儿的老婆穿着黑衣站在一旁，一一回礼。这时，淑芳走了进来，跪下磕了三个头。

　　告别式结束，一个邻居阿伯叫住了正要离开的淑芳，对她说："阿志他爸两个月前确诊后，口述了一封信，吩咐要交给你的。"

淑芳走到大树下打开信，那是小时候跟阿志总在一起玩耍的地方，也是阿志爸爸最常叫他们回家吃饭的地方。

亲爱的淑芳：

当你打开这封信时，爸爸已经不在了。

不过不要紧，爸爸会一直在天上看着你们。

今年过年在车站，我以为握起的是你的手，
却发现那不是你的手。我的眼睛看不见，我的耳朵听不见，
但我的心还看得见，我的鼻子闻得见。

我知道这些年以来，阿志希望我安心，

所以很多事都没说，这次，终于换我要了他一道了。

我想告诉你们，父母对于儿女，只有一个要求与愿望，

那就是看见你们健康快乐。其实你们工作有没有成就，

娶了谁，嫁给谁，都不重要，只要你们好好的，爸爸就开心。

我两年前尝试着让隔壁的朱妈妈联系你，

结果朱妈妈说，你去美国工作了。

一切都好吗？想寄点老家的东西给你，

也不知寄到哪里。没想到再次看见你，会是在这样的场合。

我知道我一走，你一定会回来的。

爸爸亲手做了一把纸伞，

这跟街上卖的很不一样哦，放在我床头旁边，

你记得带回去。这把伞用二十年都不会坏。

朱妈妈八卦说，你到现在都没有结婚，很担心你。
我反倒觉得，每一个人都有他自己选择生活的方式，
只要你觉得这样自在，就完美了。

记得，有空还是回老家过年，我们永远是你的家人。

爸爸

你我靠得太近，

过去的爱，

让我们此刻目不转睛。

纸上电影院

我们第一次遇到，就是过年回家。

他们说，在北京待满五年就可以扎根了，你待了几年？

过节就是让幸福的人更幸福，孤独的人更孤独。

穷到只剩你跟我了， 也没什么不好。

现在这么幸福，会不会也有分手的那一天？

258

穷是暂时的，以后一定会发达的。

会不会最后我们什么都有了，我们却没有在一起？

万一哪天分手了，我们还要再见吗？

有没有一个人，曾愿意为你上九天揽月、下五洋捉鳖？

每次分开，我们都没有好好说再见。

让你快乐的那个人不是我，想想就会不开心。

我已经变成你想要的样子了，但你已不是你。

如果当初你没有走，后来的我们会不会不一样？

如果没有如果，后来也没有后来。

因为什么分手不重要，分手了还能再见才重要。

我们像有一辈子没见，过去那些又好像都发生在昨天。

后来我们什么都有了，却没有了我们。

幸福不是故事，不幸才是。

今年，有人陪你过年吗？

谨 以 此 书

献 给 所 有 辛 苦 的 兄 弟 姐 妹

谢 谢 你 们

图书在版编目（CIP）数据

后来的我们 /刘若英，英儿工作室著.—北京：台海出版社，2018.4

ISBN 978-7-5168-1833-6

Ⅰ.①后… Ⅱ.①刘… ②英… Ⅲ.①随笔—作品集—中国—当代 Ⅳ.①I267.1

中国版本图书馆CIP数据核字（2018）第064489号

后来的我们

著　　　　者	刘若英　英儿工作室
责 任 印 制	蔡 旭
监　　　制	毛闽峰　李　娜　刘　霁
策 划 编 辑	李　颖　雷清清
责 任 编 辑	高惠娟　赵旭雯
文 案 编 辑	王苏苏
营 销 编 辑	杜 莎　杨　帆　周怡文　刘　珣
策　　　划	杜 萱
文 字 整 理	何昕明
装 帧 设 计	许品诗
摄　　　影	吴易致　陈明圣
封 面 人 物	井柏然　周冬雨
版 权 支 持	叶如婷　黄一平
电影片名字体设计	北京竹也文化传播有限公司

出 版 发 行	台海出版社
地　　　址	北京市东城区景山东街20号　邮政编码： 100009
电　　　话	010 - 64041652（发行，邮购）
传　　　真	010 - 84045799（总编室）
网　　　址	www.taimeng.org.cn/thcbs/default.htm
E - m a i l	thcbs@126.com

经　　　销	全国各地新华书店
印　　　刷	北京中科印刷有限公司

本书如有破损、缺页、装订错误，请与本社联系调换

开 本：875mm×1270mm 1/32

字 数：137千字　　　　印 张：9

版 次：2018年4月第1版　　印 次：2022年1月第2次印刷

书 号：ISBN 978-7-5168-1833-6

定 价：48.00元